陽差陰違
我們在陽世都是犯下罪孽的人，
阿徹一定也很痛苦……
墨久亦
陰間刑務警備隊第三分隊隊員。
墨氏雙胞胎的哥哥。
成熟穩重，孤獨一匹狼。
CHARACTER FILE

說什麼啊亦哥，
我不是一直在你身邊嗎？
墨良徹
陰間刑務警備隊第三分隊隊員。
墨氏雙胞胎的弟弟。
熱情爽朗，最喜歡哥哥。
CHARACTER FILE

GOBOOKS
& SITAK
GROUP ©

GOBOOKS
& SITAK
GROUP©

三日月書版

三日月書版

面從腹背
陽奉陰違
輕世代
FW361
三日月書版
雪翼著
火螢繪
2

陽奉陰違
開什麼玩笑，那可是我美若天仙
黃金比例人間至寶（下略萬字）的身體啊！
東湛
家喻戶曉的超人氣偶像。
愛逞強的膽小自戀狂，其實心很軟。
CHARACTER FILE

以觸犯《陰間律法》
第三百十一條毀損公物的罪名將你逮捕。
上官中灼
陰間刑務警備隊第三分隊隊長。
面無表情，做事一板一眼的認真公務員。

めんじゅうふくはい

陽奉陰違

面従腹背

DUPLICITY IN THE HELL

MENJUUFUKUHAI

【DUPLICITY IN THE HELL】

一 重返陰間 011
二 試煉 037
三 香囊 065
四 Spoilage 087
五 窺探前世 111
六 撼動 137
七 夢閣守護者 177
八 Gate 203

CONTENTS

めんじゅう　ふくはい

陽奉陰違

第一章　重返陰間

MENJUUFUKUHAI

一位身材高挑媲美模特兒的當紅偶像，配上身後蔚藍的天空，這畫面賞心悅目，堪稱是難得一見的美景。

豔陽高照的晴日讓東湛不由得瞇起了眼。

距離上次的水鬼事件也才過了一個半月，東湛的事業迅速重回軌道。這都得要歸功於經紀公司公關部門驚人的努力，火速擺平所有對他不利的報導，當然還有他自身的努力。

如今他的人氣又回來了，正如火如荼地拍攝不知道第幾本的寫真書。

東湛站在空無一人的十字路口中央，專業地擺起各種帥氣的姿勢，讓攝影師捕捉每個完美角度的他。

這個路口因為附近工程的緣故暫時封閉，他們事前取得許可進來這裡拍攝，不遠處還可以聽到火車經過鐵軌的隆隆聲。

現在的東湛專心投入在工作裡，覺得好久沒有如此放鬆。

果然忙碌的工作能夠讓他暫時忘記「那個人」以及「那裡」的一切，畢竟他經歷了那奇妙的陰間一遊，短時間要將這件事拋到腦後是不可能的。

拍攝即將告一段落，忽然一股不妙的預感席捲上心頭，青年整個人愣住，然後警覺地回過頭。

下一秒，隨即傳來眾人驚慌失措的尖叫聲。

東湛被環境的喧鬧聲給吵醒了。

他看看四周，不斷有人從身邊走過，但沒有任何人瞥向東湛半眼。這可不尋常，畢竟如此搶眼的存在倒在路中央，行人卻只是逕自繞過，直直往路的盡頭走去。所有人的行進方向皆一致，真不知道遠處究竟有些什麼。

第一次算是被迫來到這裡，而這回……雖然說是非自願的，但也只能當作命運使然。

東湛一點都不感到意外，畢竟不是頭一回來到這個地方。而他現在之所以在這裡的原因不外乎就只有一個——他死了。

搞什麼啊！短短時間內第二次來到陰間，普通人不會有這麼不可思議的經驗吧。

其實他的內心一點都不平靜。想見「那個人」跟實際上又跑來陰間是兩碼子事吧？天啊，為什麼會發生這種事情，老天不要玩我啊啊啊！

上回的記憶還很鮮明，他是以一個名叫若輕的水鬼的身分，來到亡者聚集的場所，這回則是以自己的容貌再度出現於此。

兩者的感覺當然截然不同，不過內心忽然湧上一股莫名舊地重遊的熟悉感，還是令東湛百感交集。畢竟他這回可是真正死掉了啊！重返唯有亡者才能來的地方，會是什麼值得開心的事嗎？

話說回來，他是怎麼死掉的呢？

對此東湛並非全無印象。只記得自己正在拍攝要放在寫真書裡的照片，促不及防駛來一輛龐然大物，接著就沒有印象了，但身體似乎還殘留那強大撞擊的感觸……很是疼痛……

啊對了，還有聽到遠方人們驚慌失措的叫嚷聲，肯定之後救護車也鳴笛趕來現場了吧……

但他對於事情是怎麼發生的毫無頭緒。或許只能歸咎於一個原因吧？意外。

既來之則安之，反正都到陰間了，就走一步算一步吧。

打定主意後，東湛起身跟著人潮向前走。隊伍中有像是陰差的工作人員在引導，還舉著牌子提醒大家不要走錯，貼心的服務像是在進行什麼限量大拍賣的活動。

東湛嘗試與對方搭話，「你知道他們要去哪裡嗎？」

「嗯？你是新來的啊。」陰差小哥轉過頭來，臉上雖毫無生氣，但親切的笑容讓人心生好感，「亡者都要先經過審判，再決定是否要進入輪迴喔。」

東湛知道輪迴的意思，指的便是投胎，但他不想要投胎啊！

難得有副這麼完美的身軀，如果進入輪迴投胎轉世的話，肯定也要跟著改頭換面吧？要是下一世沒有現在這麼好看的話，可是很傷腦筋的。

簡單說來，他不想要這樣，絕對不要！

「有沒有不用進入輪迴的辦法？」東湛再問。

陰差小哥困惑地偏過頭，擅自解讀他的意思，「所以，你是想要下地獄嗎？」

天啊！東湛誇張地做出個綜藝節目式的摔倒動作。

下地獄不是更糟糕嗎，糟糕個幾百倍啊！而且為什麼朝氣蓬勃地講這種話，陰間的死人不就該死氣沉沉的嗎？

他忽然注意到陰差手上牌子的字，彷彿看到救星般，眼睛登時亮了起來，「這個公務員徵選是什麼？」

陰差也仰頭看著牌子，彷彿這才想起自己是來幫要去公務員徵選的亡魂指引方向的。

「今天正好是陰間公務員徵選的日子，距離上次已經是十幾年前了。今年特別擴大舉辦，不只陰間居民，普通的亡魂也可以參加喔。不過要先通過面試，畢竟是招選公務員，沒有累積一定善行的人會先被刷掉。」

公務員……東湛聽到這裡，心中燃起一絲希望。不想投胎的話，勢必就只剩成為公務員這個選項了。而且還能再次見到「那個人」，很好，就這麼辦！

「那我應該也有報名資格吧？」

「是的，但要先通過面試……」

「那個什麼警備隊的也有公開徵人嗎？」東湛再問。

「你是說刑務警備隊嗎？以往是由上級指定人選，但不知道怎麼回事，今年首次破例開放一般徵選……」陰差頓了頓，隨即領悟到什麼，忍不住驚訝地提高音量，「你不會是想要參加警備隊的徵選吧！」

「就是這麼一回事！」東湛自信滿滿地回應道。

他又仔細看了看陰差舉的牌子，箭頭指向一條岔路，「往那邊走是嗎？我先走一步啦，祝我好運吧！」

「呃，是……」陰差還沒來得及告誡對方，就見青年匆匆穿過人群，往另一條岔路走去。

那條路都是要報名招選的陰間住民，很快地就看不見青年的身影了。看樣子他的確懷抱著強烈的自信，但只要是充分了解陰間公務員徵選機制的人，通常都不會這麼想。

尤其是刑務警備隊。

刑務警備隊向來被視為地獄部門。事務繁重，還得面臨各種危險任務，不是凡人足以勝任的職缺。這也是為什麼上級遲遲不派新人下來，沒有過人的實力是無法勝任這份工作的。

東湛順著人潮移動，抵達了徵選會場後。

他被排隊的盛況給嚇了一大跳。人們有秩序地依照各部門自動整理成整齊的隊伍，但不是每個部門都有著熱鬧的排隊人潮，有些部門的窗口只有小貓兩三隻。

仔細觀察，果然文科行政相關的部門比較受歡迎。果然大家都是一樣的，挑選工作時往往都先考慮輕鬆的涼缺，沒想到就連陰間住民也是相同的思考模式。

他找到寫有刑務警備隊字樣的窗口，桌前沒有半個人。

只有他東湛一人，根本無須排隊。

「是在這裡報名嗎？」

工作人員抬起頭，冷淡地給予他一記「不然呢？」的不耐神情，然後極有效率地替他完成報名的手續。明明就只有東湛一人報名，他的態度卻像是巴不得立刻完成工作下班回家。

整個過程不出幾分鐘，工作人員示意東湛稍作等候，「十分鐘後會先進行面試，叫到號碼就進去裡面房間。來，這是你的號碼牌。」

東湛拿到的號碼牌是十號，也就是說前面還有九個人。

失策了。他本來打的如意算盤是只有他一人報名的話，無論如何都一定會被選上，但有其他考生的話，輕鬆通過的機率就大幅下降了。

「面試的房間？」

工作人員只是面無表情地往後方指了指。

東湛順著看過去，後面不知何時出現了一整排的小房間，門上掛有對應各個部門的牌子。此刻他才終於有了些緊張的情緒，不知道要面對怎樣的面試官，希望不是個難搞的傢伙……

「十號」

面試不知何時已經展開了。東湛的體感時間好像才過了幾分鐘，廣播已經叫到了東湛的號碼。

是因為刑務警備隊沒什麼人報名的緣故嗎？本來以為還有更多準備時間的，看樣子只能硬著頭皮上場了。

他懷著忐忑不安的心緒，像第一次到公司面試的社會新鮮人，臉部表情緊張得絞成一團。

進入小房間後，東湛坐到唯一面對面試官的椅子上。都還來不及先自我介紹，就傳來一連串「咦咦咦咦咦！」的驚呼，已經有人用驚疑不定的騷動先歡迎他了。

定睛一看，東湛也不由自主地露出難以置信的表情。他沒看錯吧？眼前的面試官正是警備隊第三分隊的成員，面對熟人的喜悅瞬間讓內心的不安消失殆盡。

面試官有三位，坐在左右兩側的是墨氏兄弟，還有一位則是……

「為什麼……」位在中間座位的上官申灼沉下了臉，表情一如往常嚴肅，「你為什麼死了。」

這聽起來不像是疑問句。東湛只能露出苦笑著聳肩，「我也不知道啊。無緣無故就死了，不能怪我。」

「早知道活人很脆弱，」墨良徹皺了下眉頭，不爽地出聲說道，「但你是紙糊的嗎？還這樣說死就死，要死也要先問過我們！」

「阿徹，別這樣，一般人是不能控制死亡時機的。」墨久亦要弟弟稍安勿躁。

不是，就算是天縱英明的奇才也不可能控制自己掛掉的時機啊！東湛在心中默默吐槽。

「距離上次見面是多久前的事情啊……」墨良徹伸出指頭，想要算出答案，但中途就陣亡了。

「二十八天，將近一個月。」墨久亦替弟弟回答。

「可是我沒記錯的話，上次跟你們見面已經過了一個半月了耶？」東湛提出疑問。

「陰間本來就跟陽世不一樣，時間流動也會比較慢。」墨良徹無奈地解釋。

對哦！他的確是有聽過上官申灼說過，但當時不怎麼在意。

「所以說……」東湛見到熟人便自然打開話匣子，他還有很多問題想獲得解答，卻被硬生生打斷了。

「你是不是忘記現在可是面試？別擅自打斷我們。」墨良徹提醒。他挑了下眉，看向身旁，面試通常都是由身為第三分隊隊長的上官申灼主導。

東湛立即識趣地閉嘴不言，差一點忘了他現在仍在面試中，他可不想因為得意忘形而壞了大事。

上官申灼的表情還是異常嚴肅，很快便拿回主控權，「你的名字是？」

東湛知道這是必要的環節，不囉唆直接答覆，「東湛。」

上官申灼卻靜默了，看了看手中的報名資料，困惑地揚起眉，「你的名字難道不是花——」

東湛搶先一步回答，「我改名了。東湛不再只是藝名，是本名了！」

上次分別後，他特地跑一趟戶政事務所就是為了改名。

現在這個名字將跟著他一輩子，生死簿應該也已經同步更改了才對。對不起了，老媽。

「就算如此，姓氏還是不能改的吧？花東湛先生。」上官申灼無情地指出事實，其他人聞言忍不住竊笑起來。但身為苦主的花東湛，一點都笑不出來。

上官申灼伸出纖長的手指對著表格比劃，姓名欄位便浮現了「花」字在東湛的姓名前。

「第二個問題，」下一個問題接踵而來，上官申灼可不想浪費時間，「你為什麼想加入刑務警備隊，有什麼明確的理由嗎？」

「當然是因為想要——」再次見到你們啊。

東湛頓了一下，話梗在喉間又吞了回去，尤其是在看到上官申灼朝他射過來的異常灼熱視線之後。很明顯這不是個好答案，對上官申灼亦是如此。

他低下頭，絞盡腦汁思索了一番。憑著從影多年的經驗，這時候就要說個面試官想要的答案，或者說是符合社會期待的客套話。

這還不簡單嗎？根本就難不倒他大明星東湛！

「不瞞你們說，我小時候想要當維持社會正義和秩序的警察，幫助受苦的人們，雖然誤打誤撞走上了偶像一途，哈哈⋯⋯

「上次我也算是參與了刑務警備隊的任務，因此有點羨慕你們。但更多的是憧憬吧！我想要成為像你們一樣厲害的人，努力維持陽世與陰間的平衡。」

這全都是東湛的肺腑之言，發表了如此感人的演說，連他自己都感到有些起雞皮疙瘩。

墨久亦給予讚賞的目光，墨良徹則流露出難以置信的複雜神情。

上官申灼則還是老樣子，不動聲色地接續下一個問題。這個青年是不會輕易被花言巧語打動的，「你知道刑務警備隊的工作內容嗎？沒人告訴過你那是一般人無法勝任的職務嗎？」

還真的沒有。對了，剛才陰差是不是想說什麼？

算了。東湛轉念心想，反正不就是公務員嗎？他曾經是某一屆反毒大使，為了拍攝宣導影片，他實際到警局裡去觀摩過，應該就差不多的吧。

「不就是抓抓抓餓鬼，清除擾亂陽世的雜靈之類的嗎？」雖然想起餓鬼他還是一陣膽寒，那段回憶至今仍縈繞心頭。不過變成像警備隊成員這樣厲害角色的話，就不需要畏懼了吧。

「偶爾也有需要抓捕從地獄逃脫的重刑犯這類的情況。」

「地獄……是那麼容易逃脫的地方嗎？」東湛可沒聽說過這種事。要是地獄都能逃脫，那重刑犯會是何等凶神惡煞的傢伙啊。

「任何事物都有弱點，百密也有一疏，即便是地獄。雖然一般情況下是不可能逃脫的，但誰也料不準會有重刑犯打破這堅固的牢籠。」

東湛看得出來，上官申灼是動真格的，氣氛在一瞬間變得有些嚴肅。他頗不適應這樣的氛圍，趕緊扔出圓場的話，「你們那麼厲害沒問題的，而且這樣的情況不是沒發生過嗎？」

「不，曾經在百年前有人從地獄深處逃脫，」上官申灼給出否定的答案，「那是在我尚未進入警備隊之前的事。那是個三隊聯合都難以制伏的犯人，所有人耗盡全力才勉強將其逮捕歸案。」

喔，好吧……看樣子，刑務警備隊真的是份危險的工作呢。

東湛撇下嘴角，擺出一臉沮喪的表情，「那還有其他問題嗎？」

「沒有了，就這三題。」

「咦？就這樣？」

「之後會有人帶你到真正的考場去。」

這樣是通過面試的意思嗎？東湛雖然滿腹疑惑，還是走出門外。

沒想到一走出去，外頭早就有九名考生等在那裡了，明明他進去前沒碰到半個人。他是十號，在這之後沒有其他人了，總共十名考生。

幾分鐘後，考生們被引導至另一處會場。

已經有人先在考場等待他們了。

根據引導的工作人員在路上的說明，監考官已經在考場就位，也將由他們說明第一關考試的規則。

在場是檀與茜草這對搭檔。方才在小房間沒看到他們，原來是第一關的監考官。

灰髮碧眸的男孩是檀，身上同樣穿著只有警備隊才能披上的制服，一雙清澈的大眼，讓人忍不住心生好感。然而從容不迫的老練態度卻又不禁使人懷疑起他的真實年齡。

他的搭檔茜草是個面容俊俏，氣質華貴，為人有些高傲的男性。長長的瀏海快要蓋住眼睛，皮膚白皙，身形略微纖細卻沒有嬌弱的感覺，眸光傳達出有些危險的氛圍。

「我想回去了，難道你沒發現我不適合這樣的勞動嗎？」茜草厭惡工作，加入警備隊也是形勢所逼。

「不行喔，身為你的搭檔，我會好好盯著你的。」檀的手重重拍在對方肩上，給予無形的沉重壓力。

他明明個子很小，力道卻十足的強勁，說出口的話也與和善的表情毫不相符，形成極大的反差。

茜草「唔」了聲，面有難色地倒退數步，看樣子對檀仍有幾分忌憚。茜草進入警備隊的時間要比其他人短得多，資歷也是其中尚淺的。

檀跟他正好恰恰相反，頂著小孩子的外貌，讓人誤以為是哪來的新人，實則可是第三分隊當中資歷最深的。甚至早在上官申灼之前，他就一直在刑務警備隊了。

雖然檀至今沒對茜草做出什麼天理難容的事，但茜草下意識感覺得罪搭檔日後會相當麻煩，所以能迴避就迴避。

即使在死後，還是需要一套職場生存法則。

檀往前踏出一步，視線依序掃過十人，開始講解第一關考試的內容及詳細規則。「考試總共會有三道關卡，監考官會以考生的綜合表現評分，然後從中決定錄取人選。評分標準很簡單，完全取決於各位自身的實力，希望在場所有人的水準都有在平均以上。」

雖然是以輕快的語氣說明規則，但給人話只說了一半的感覺。

事實上也確實如此，所謂的平均水準是怎麼評斷的？若是無人能達到所謂的平均值，是不是就代表無人被錄取呢？從中決定錄取人數的意思是會視情況，錄取表現優異的複數人選囉？可以這麼解讀的吧，東湛暗暗思考。

只見有名考生舉起了手。那是名看似有點弱不禁風的纖瘦少年，但是他的眉宇之間卻凝聚著其他考生所沒有的堅毅神情。

「有問題嗎？」檀的目光看向那名少年。

「有，我想要問——」

「想清楚再問喔。」

「咦？」少年愣住。

「你只能問一個問題。不，正確來說是你們只擁有問一個問題的權利。如果你問了，就是在剝奪其他人共同的利益喔。

「所以想清楚再問。不論問什麼，我都會一五一十老實答覆。」檀接著說，輕笑了下，條理清晰的補充說明，「所以，你要問什麼？」

「沒有……」這下少年的勇氣反倒退縮了。他表情猶疑地閉上了嘴，不確定的目光移向其他人，不過沒人與他的眼神有接觸。

東湛剎那間領悟到，考試早就宣告開始了。雖然不知道在測試些什麼，但肯定與他們面對問題時的應變能力有關，極有可能是評分項目的一環。

只能提出一個問題，那勢必得問出對他們有利的情報，而且問法還要夠高明，不能把話說死將答案侷限在一個範圍裡。

但要問些什麼才好？尤其考生們身陷一無所知的環境，必須是可以使他們獲得大量情報的問題才行。

東湛腦袋裡充斥著無數個問題，問題與問題彼此相互碰撞，他得出了一個結論。

時間是不等人的，檀再度開口，「既然沒人有問題的話——」

東湛不想白白浪費這個大好機會，快速地舉起手，「我雖然有很多問題想問，但會遵守規則只問一個的。」不過他並沒有接著吐出心中的疑問，而是先詢問其他人的意見。

其他考生依然死氣沉沉的，默不作聲，好像他是陰間裡最朝氣蓬勃的人，不過看樣子也是，一開始舉起的手的少年只是點了點頭。

確定無人出聲反對後，東湛放下心中一顆大石。他可不想要在開始就跟其他人對立，硬碰硬不是他的行事作風。

於是他扔出了問題，比起其他枝微末節，這個問題最為來得重要，「請問如何能迅速通過第一道關卡？」

「喂喂，這已經是作弊了吧……」茜草不認同地瞇起眼。

「迷宮，」檀挑了挑眉，毫不避諱。他履行承諾，一五一十答覆對方想知道的。

這個問題可沒要求透露到何種程度，所以理論上他做為監考官並沒有失職。

「第一道關卡是迷宮，沒有通關的捷徑，困難程度視情況而定。唯一可以說的是，絕對不要相信眼前所見，危險不過是被隱藏起來了。」

「……就這樣？」東湛不禁懷疑耳朵聽見的答案。他完全無法理解，一瞬間露出了我是誰我在哪裡的複雜神情。

「嗯，我說完了。」檀也不囉嗦，乾脆地點點頭。

「我以為會透露多一點提示，例如迷宮裡有什麼，難易度幾顆星，這些難道都不能說嗎？」東湛不死心，試圖想再套出一些有用的情報。

檀微笑，「無可奉告。」

「這也不近人情了吧，而且迷宮在哪裡?完全看不到什麼迷宮啊！」東湛氣惱的轉頭四處張望。

「很快你就會見到的。」

檀主動走近東湛。東湛現在已經不是水鬼若輕的孩童身體，而是成熟大人的體形。儘管男孩看來毫無殺傷力，他還是下意識繃緊了身軀。

檀彎起手指，做出彈額頭的手勢，但沒有真正碰觸到東湛。隨著檀手指一揮，東湛忽然感受到一陣震顫。

他努力想要睜大眼睛，卻還是敵不過無形力量的控制。視野逐漸模糊，腦袋一片空白，身子一軟，失去了意識。

又來了，不要每次都是在莫名其妙的情況下昏厥，然後甦醒過來好不好？

東湛早有準備地睜開眼，這回他不再像初來乍到陰間時那樣驚慌失措，心境有了很大的轉變。

因為這次他已經體認到死亡的事實。對一個人類來說，沒有什麼比死亡還要更加值得恐懼的事了。既然都掛了，那就學著接受吧，反正他想不出有什麼更加糟糕的事情在等著。

他已經身在迷宮的一隅，周圍都是高聳的牆壁。前方有道樓梯向上延伸，爬上去後又有無數個樓梯構成的岔路。

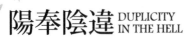

走了一陣子後，東湛發現這不過是在繞圈圈。這裡只有他一個人，表示考試是分開個別進行。考題就是要破解迷宮，當然不可能輕易就找到出口。

迷宮內的空間由許多樓梯組成，錯綜複雜往四處延伸。不僅燈光微弱，牆壁上還沾有溼溼黏黏的不明液體，青苔恣意攀爬其上，有種陰森可怕的氛圍，像是下一秒就會跳出什麼魑魅魍魎。

絕對不要相信眼前所見，危險不過是被隱藏起來了。

檀的聲音迴響在腦海。危險的事物……危險的事物……

一般來說，迷宮裡有樓梯是正常的嗎？這完全顛覆東湛對迷宮的普遍認知。

他四處張望，視線所及之處只有無限延伸的樓梯，占據每個角落。每個樓梯盡頭都連接著一道門，門後又是相同的景象不斷重覆。

樓梯都沒有扶手，不知是依據什麼原理懸在空中，如果不慎踩空的話就會摔落，一個不小心甚至可能會死亡……

他忽然恍然大悟，反正已經死掉了，再死一次也沒關係吧？思及此，他將腳伸出台階外，往什麼都沒有的半空中猛然一躍。

什麼都沒有發生。他沒有從高處墜落，就這麼站在他以為的半空中懸浮著。

這一瞬間，數以千計的樓梯全數消失，迷宮真正的面貌呈現在眼前。空間的配置跟造型全都符合他對迷宮的既有印象。

牆上畫有個大大的箭頭，示意該往哪個方向前進，不遠處連接著下一個箭頭。

一掃先前陰沉的氣氛，現在迷宮異常乾淨明亮，東湛覺得自己宛如實驗室裡接受迷宮測驗的小白鼠。

考試直到這時才真正開始。

めんじゅうふくはい

陽奉陰違

第二章

試煉

MENJUUFUKUHAI

串聯的箭頭為他指引明確的方向，東湛一路追跟著偌大的標誌前行。

箭頭指引的方向一定會有扇門，而門後什麼都沒有，然後又是箭頭跟門的下一組循環，他不疑有他重複了好幾次相同的路線。

「不行，根本沒完沒了啊……」東湛終於意識到被耍了。仔細想想也是，正常的情況本來就不會直接告訴考生正確答案，那就只剩下一個可能性……這是陷阱，箭頭只是障眼法。

不是，這跟剛才的樓梯根本一樣吧，在搞什麼啊！他疲累地癱坐在地，就算體力不會耗損，精神的折磨就夠了。

東湛忽然眼前一亮，有了個新發現，連忙從地上起身。

如一開始所見，牆上畫了大大的箭頭符號。有時候是一面牆，有時候卻是兩面牆都有箭頭，這代表著什麼？

如果刻意避開箭頭，往沒有箭頭的方向移動的話呢？這說不定也是條路。

結果就如東湛所想的，一路暢行無阻，也沒有碰上反覆路徑，的的確確就是條路徑。九彎十八拐後，盡頭處再度出現一扇黑色的門。先前的門都是白色的，唯獨這扇門格外標新立異，看樣子是找到正確答案了。

東湛見狀喜出望外地加快腳下的步伐，推門進入。門後是個開闊的空間，不再有奇怪的符號或牆阻擋在眼前。

但這裡同樣也有扇門，左右兩面牆一面充斥著各種鬼畫符，另一面則掛滿數十把鑰匙。

他駐足觀察了一會，毫無疑問這是迷宮的關卡，必須要從這些鑰匙裡選出正確的那把鑰匙才能開門，至於那些奇怪的圖形則是關於鑰匙的提示。

簡言之，就是要透過這些圖文找出相對應的鑰匙，開啟眼前這扇門。但好樣的，他根本就看不懂那些亂的圖形啊！東湛不由得抱頭哀號，焦躁地在原地踱步。

檀在解說規則的時候，沒有提到時間限制，只說根據考生的表現評分。儘管不是越快通關就能提高錄取的機率，但總不能在這裡困個三天三夜吧。

目前當務之急就是解開圖文跟鑰匙的關聯性。這些圖形必然是某種文字，但歪歪扭扭的筆劃讓人難以判別，像是某種古代的象形文字。

象形文字來自於圖形的聯想，具有象徵性質，是最為原始的一種造字法，也因此很受侷限，就像是看圖說故事。

東湛仰起頭，細細觀察起牆壁上的文字來。把首先看得懂的字挑出來，第五排第二列有個字像是口，它的左下那是山嗎？然後是第一排第一列有個字像隻四腳動物，所以是馬或虎嗎，還是牛跟羊？

「到底誰看得懂啊！」他氣急敗壞地把頭抵在牆面，沒想到這姿勢使得他發現先前沒有察覺到的癥結。

從正面看起來沒有差別，但換個角度，就會發現有些字比其他的字還要浮出牆面一些，如果把凸起的字拼湊起來，可能就是找到正確鑰匙的關鍵！

東湛努力記下總共六個凸起的字，然而他還是看不懂。他靈光一閃，如果說這並不是古代的象形文字，而是陰間專屬的文字呢？

記得上次小孟說過，陰間有自己的貨幣。以此類推的話，這些字很可能是陰間特有的文字，不知道是遵循何種語系？知道的話就好辦了。

等一下，東湛恍然大悟，立即往另一面牆移動。果真如此，那些鑰匙上也刻有類似的圖文符號，所以是要拿相對應符號的鑰匙嗎？

他迅速將牆上的鑰匙取下。仔細看這六把鑰匙都不是完整的，上頭有許多缺口，像是待人組裝的零件。他胡亂試了半天，鑰匙間的缺口就是不相符，他現在儼然就是玩益智玩具到最後一步驟卻卡關的玩家。

「明明就只差最後一步了……可惡……」東湛懊惱不已，他想要加入刑務警備隊的決心可是很堅定的。他也想讓上官申灼看看，自己已經有所成長，能辦得到厲害的事情！

這瞬間他的視野忽然變得模糊，等視線重新清晰起來後，眼前的圖形變得完全不同了。原本陌生的文字變得具有意義，他能夠讀懂那些文字是組裝鑰匙的步驟。東湛飛快地拼湊零件，回過神來時，一把完整的鑰匙出現在掌心上。

成、成功了！他不敢置信地看著自己的傑作，二話不說執起那把鑰匙插入門鎖。

插進去的瞬間他就知道對了，東湛毫不留戀地通過門扉，前往下一關。

東湛再度來到一個奇異的空間。這次沒有奇怪的圖形或數十把鑰匙困擾著他，取而代之，等待他的是具有威脅性的生物。

他雙眼有些發直，瞪著眼前的生物。凶獸叫檮杌，那是遠古四凶之一，極度凶惡，為惡人所化；外形如同老虎，卻有著張極似人類的面孔，還長有野豬的獠牙。

若是問他為什麼知道得那麼清楚，那是因為旁邊立有一個告示牌，上面詳細記載著這隻惡獸的由來，彷彿深怕有人不知道牠有多麼的危險。

但東湛根本不需要提醒，他光是看到凶獸的外型，就嚇得沁出一身冷汗。

「這是什麼怪物啊，不會是得要打敗牠吧？」才第一關隨即就要面臨魔王級的關卡了嗎?!

檮杌正在休憩，即便正在熟睡中，那張駭人的臉看起來還是非常可怕。

東湛注意到告示牌下方有註明通關規則：挑戰者必須要答對問題才能過關，答錯的話檮杌將會甦醒並展開攻擊。

啪擦。

燈光忽然驟暗，不知何時出現了個超大的螢幕，地面浮現圈跟叉的圖示。看來是二選一的答題方式，看來還有勝算！東湛暗暗為自己打氣。

這時驀然響起快節奏的鼓聲，像是他熟悉的猜謎綜藝節目一樣，營造出令人緊張的氣氛。

東湛擔心地偷瞄被鐵鍊拴著的檮杌，惡獸仍然無動於衷，也不見眼皮睜動半下。明明身處如此吵雜的環境，卻視若無睹，果真如同規則所述，檮杌只有在挑戰者答錯的時候才會甦醒。

所以他必須得想辦法答對，盡一切努力阻止檮杌醒來！

巨大的螢幕出現第一道題目。

檮杌為上古凶獸之一，是鯀死後所化。傳說檮杌是上古帝王顓頊第六子，力大無窮。以下是問題……

題目到底會有多刁難呢，東湛還沒做好萬全的準備，但既然是是非題，只要冷靜思考、謹慎作答的話，相信都有勝算的。

請問，檮杌最喜歡吃的食物是什麼？

咦？呆愣數秒過後，東湛一把火氣直衝腦門。要是現場備有矮桌的話，他肯定會氣得翻桌。

到底誰會知道答案啊?!

應該這麼說吧，檮杌喜歡吃什麼到底有誰在乎？

等等，或許這正是最簡單不過的問題。

檮杌是上古凶獸，由作惡多端的惡人所化，搞不好前身是什麼連環殺人魔之類的……那麼答案也就呼之欲出了。

炸雞選叉，草莓蛋糕選圈，限時五分鐘。

螢幕顯示出選項，同時出現一個類似碼表的東西在畫面上，開始倒數計時。

「欸！」東湛越來越沉不住氣了，「難道上古時代就有炸雞跟草莓蛋糕嗎？既然是惡獸，起碼該吃點人肉吧，人肉可是富有蛋白質的營養食物啊！」

天啊，他到底在說什麼，鼓吹檮杌吃人嗎？如果三題都答錯的話，第一個被吃的便只會是自己吧！

「這種時候通常會選擇炸雞吧，肉食性動物應該不會排斥雞肉。但萬一是陷阱呢？刻意給一個看似是合理的選項，但答案其是破天荒的草莓蛋糕。」

如果答案真的是草莓蛋糕的話，東湛決定要永遠鄙視檮杌。

時間只剩下一分零五秒。東湛趕緊站在叉的圖示上，一臉篤定，他怎麼可能會選——

嘟嘟——

低沉的節奏聲顯示這是個錯誤的決定。螢幕再度亮了起來，答案是草莓蛋糕。

然後畫面一轉，開始播放檮杌的日常生活影片。

只見牠正開心地吃著草莓蛋糕，每次一張口就可以吞掉數十個蛋糕，想必伙食費驚人。

陰間公務員待遇不差，之前上官申灼隨手便掏出黑卡就可略知一二。檮杌的伙食費又算什麼，人家畢竟是傳說中的凶獸。

東湛忍不住心想，他要從此時開始鄙視檮杌。

第一題就在錯愕中結束了。東湛緊張得轉頭看向檮杌，正好和惡獸的眼神對上。

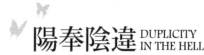

檮杌不知何時已張開雙眼，但似乎沒有攻擊的意圖，暫時還沒有。睡著時的檮杌就夠駭人了，如今那氣場更是威懾四方。

東湛忍不住在內心尖叫，可不可以不要玩了。投胎起碼也是個不錯的選擇，再怎麼樣陽世都不會有檮杌……

猜題的音效再次響起，進入到第二題。

地獄是關押重刑犯的機構，樓層越往下犯人惡性越是重大。請問，地獄總共有幾層呢？

東湛知道答案。雖然印象有些模糊了，但依稀記得小孟當初帶他來的時候，有稍微解說過陰間跟地獄的運作規則。

101層選叉，108層選圈，限時五分鐘。

這次答案絕對錯不了，東湛有十足的信心。

他毫不猶豫地站上再次站上叉的圖示。

叮咚！

就如同東湛所預料，響起了答題正確的音效，他得意地揚起了嘴角。

只要再答對一題就可以通關，離錄取又更進一步……

他下意識地看向檮杌，檮杌只是一動也不動盯著他猛瞧，對他施加某種無言的壓力。東湛愣了一下，強自鎮定移開視線，但發抖的雙腳已經出賣他的心聲。

他現在只希望這關能夠順利結束。

勝利的喜悅持續不到十秒，該來的還是躲不掉，迎來了第三道題目。

請回答眼前這個人的真實身分

這不是單純的是非題或選擇題，真要說的話是問答題吧？既沒有提示，也沒有選項，難度簡直超乎想像。

——然而眼前的人竟是上官申灼。

「上官申灼，你怎麼會來這裡？」東湛看到青年出現半是訝異、半是困惑，眉頭輕輕蹙起，「你不是監考官嗎，難道是特地來幫我的？」他一時半刻只想到這個可能性。

「怎麼，我以為你看到我會很開心？」上官申灼調侃了他一句，隨即證實東湛心中所想，「不錯，我是特地來幫你的。」

「那你就快點給點提示啊！」

「這還用得著提示嗎，只要回答我的身分就可以了。」上官申灼微笑道。

東湛還是不懂，因為對他而言……

「你是上官申灼，所以答案是你？」

「這就是你的答案嗎？」

「我……不，這不是我的答案！」東湛話到嘴邊趕緊改口。

這個上官申灼跟他所知的相距甚遠。不是總是冷冰冰的模樣，臉上帶著溫暖的笑容，講起話來也特別有活力。

「你並不是上官申灼。」

「我不是的話，那我會是誰呢？」

假上官申灼走上前來，舉止和神態跟之前判若兩人，瞇起眼輕輕拂過東湛的頰，柔聲詢問，「你覺得我是冒牌貨？」

東湛一驚，勉強避開對方的碰觸，打從心底的不舒服讓他起了一身雞皮疙瘩。他拉開與假上官申灼的距離，懷有戒備。

「我不知道你是誰，但我可以肯定你不是他！」

「為什麼那麼肯定？」假上官申灼偏過頭，真心不解。

「真正的上官申灼才不會對我笑，也不會這樣對我說話。他總是面無表情，一副人家欠他幾千萬的樣子。還有你不要再笑了，皺紋都跑出來啦。」

「什、什麼……」假上官申灼一愣，眼底深處藏有怒火。但他沒有即刻發作，只有嘴角微微抽搐，「所以，倒是猜猜看我是誰啊？」

這就是問題所在，他根本不知道冒牌貨的真身是誰。繞了一大圈還是回到原點，他還是不知道問題的答案。東湛低下頭，努力思忖。

這個低頭的動作，讓他察覺到先前沒有觀察到的疑點，這個冒牌貨沒有影子。

仔細一想，上官申灼也曾說過關於影子的事情。仔細一看，假上官申灼腳下的確有影子，但是顏色淺薄、形狀縹緲不定，很容易就被忽視。

奇妙。

東湛倒抽一口氣，明明都已經死了，卻還保留需要呼吸時的習慣，感覺很

原來活著跟死後沒有什麼太大的差異，都是同一個靈魂。在死後的世界，他依然需要靠自己努力。

他搖了搖頭，「我知道你不是上官申灼，卻不知道你真實的身分。」

「確定放棄答題嗎？」假上官申灼愉悅的笑開了嘴，「一旦確定放棄，你就答錯兩題，檮杌隨時會攻擊你，你有自信可以贏得過牠嗎？」

「我……」

東湛驀然在冒牌貨臉上看到一閃即逝的端倪，一把拉過對方。就是這短暫的碰觸，讓他在瞬間得知他的真身。

「你這是在做什麼……！」假上官申灼無法保持笑意，一臉厭惡地抽回手臂，露出非人的憎恨情緒。

「魑魅。你的真實身分是，魑魅。」東湛這一盤棋下得有點險，但最後的

回馬槍讓反敗為勝了，將軍。

假上官申灼眼見情勢被反轉，瞬間垮下了臉，臉上出現了密密麻麻的紋路，魑魅一把將偽裝的人皮扯下。

真正的魑魅長得一張人臉卻有著獸身，恢復本來的樣貌後，牠朝東湛威嚇般地噴氣，一溜煙便不見蹤影。

魑魅，為山林異氣所生，木石化成的精怪。其特徵是人面獸身，四足，喜好魅惑過路的旅人。這些資訊是東湛從方才的碰觸得知的。

但為什麼呢？他竟然能碰觸對方的靈魂，並直接窺探其內心，是因為他已經死掉了的緣故嗎？

叮咚！

通關的清脆音效慢了好幾拍才響起，螢幕浮現出**恭喜通關！**的字樣。片刻後憑空出現一條路，可以看見盡頭那端便是迷宮出口。

東湛巴不得立刻離開現場，但他隨即想起一事，回過身朝檮杌的方向揮了揮手，算是禮貌性的道別，當然這之中也包含著勝利的喜悅。只見檮杌仍沒有任何表情變化，死死盯著他看。

「咿，還是好可怕啊……」東湛畏懼地縮了縮，趕緊踏上通往出口的那條道路。

順利通過第一關的迷宮了。東湛現在身處一片空無一物的荒原，原來陰間還有這般奇異的空間啊，他不禁在心中暗暗感嘆。

他尚未從緊繃的情緒中鬆懈，就見遠處有兩個人影走來，原來是墨氏兄弟。他們兄弟檔是第二關的監考官。

兩人身上穿著那身帥氣逼人的警備隊制服，兄弟倆長得十分相似，都有著同樣深邃好看的臉孔，但骨子裡透出的氣質卻迥然不同。

拿動物來比喻的話，哥哥擁有貓一般的冷靜沉著，弟弟則像是狗一般滿腔熱血。

「其他人已經先出發了，你是最後一個通關的。」墨良徹無情地告知這項事實。

「咦？我、我還以為是第一個出來的！」

體感時間明明不出一小時，雖然陰間本來就不適用陽世那套邏輯，但東湛不免還是覺得有些失望。

「別灰心，考試是以綜合表現評分，還有機會的。」墨久亦溫柔的鼓勵傳來。

「亦哥，你人真好。」東湛不禁唉聲嘆氣。

要是第三分隊的其他人，都能夠像墨久亦這麼好相處就好了。

「喂，不要半路亂認哥好嗎，到底誰是你哥啊！」墨良徹立即跳出來維護身為弟弟的主權，「上次你是小孩的身體不跟你計較，現在就不一樣了，我可沒打算把哥哥拱手讓人！」

弟弟還是那個老樣子，東湛不知道該覺得欣慰還是感傷……

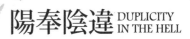

其實一切都沒什麼變化，真正改變的人是自己吧。因為他死了，不然也不可能像現在這樣在這裡與兩人對話。

「不過，你們應該不是真的兄弟吧？」只是以兄弟互稱的搭檔，這樣一想就合理多了。

「我們是有血緣的親兄弟，」墨良徹卻一臉莫名地反駁這個推測，「我們沒有上一世的記憶，但唯獨這點不會有錯，我跟亦哥上輩子也是血濃於水的親兄弟。」

「咦？」這有可能嗎？那代表兄弟倆幾乎是同時來到陰間的。同時死亡的話，他們恐怕不是自然死亡。是跟他一樣死於意外，還是死於謀殺之類的變故呢……

突如其來的轉折讓東湛一時之間不知道該說些什麼好。正當忙於思考此事時，墨久亦的嗓音再度響起。

「第二關是借物。通關條件很簡單，取決於能否在限制時間內借到最實用，將來可以在執行任務時使用的物品。」

「限制時間是多長？不會只有十幾分鐘吧？陰間那麼大，我該去哪借物啊！」

「都說了，不是以通關順序為評分標準。但畢竟還是考試，要是超越規定時間太久，我們監考官有權力淘汰掉任何一位考生。」墨良徹接口說道。

即便他與東湛勉強算是熟識，也不打算放水。

「等時間到，你自然就會知道。」

「……這話是什麼意思？」怎麼聽起來有種不太好的預感。

「手伸出來。」墨久亦走到東湛面前，輕輕握住他的手，在手背上蜻蜓點水似地比劃了幾下，「這樣就可以了。」

「那接下來呢？」東湛望著一望無際的荒原，不太確定地開口詢問。

他還想要多再問幾個問題，但轉眼兩位監考官已經不見蹤影。

「人呢？就這樣一走了之，也太無情了吧！」

「往前走會有告示牌，之後就自己看著辦吧。」須臾，墨良徹的聲音從遙遠的某處悠悠地傳來。

從現在開始他就只能靠自己了，東湛只能邁開步伐前行。

陰間的地形似乎很多變，無法用常理邏輯來推斷。荒原的景色沒有持續太久，很快便看到零星的建築坐落在不遠處。

就如墨良徹所說的，有個告示牌立在那。更重要的是，他看到一個熟面孔正巧路經此地——是剛到陰間時遇見的那位陰差。

「陰差先生。」東湛出聲向對方搭話。

「啊。」對方回過頭，看見東湛後卻緊皺眉頭，「你是誰啊？」

「不會吧，那麼快就忘記我了嗎？我們先前有見過一次面，我還向你搭話啊！我的美貌居然沒有深植人心，這不可能吧……」

東湛拚了命解釋，開始自我懷疑地喃喃低語。

陰差先是愣住，隨後補了句安慰的話語，「你別介意，陰差一天內要接觸上千個亡者，不記得是正常的。在我們眼中，沒有誰會是特別值得記憶的。」

這樣的說法更讓人受傷啊！東湛忍不住掩面。

不過傷心歸傷心，他還有更要緊的任務，必須得把握所有機會。

「你知道怎麼去道具租借室嗎？」

題目是在限制時間內借到最實用，將來可在執行任務時使用的物品，這不就是道具租借室嗎！

上官申灼曾經帶著他去過一回。雖然只是匆匆一瞥，但看起來裡面的道具包羅萬象，肯定有他需要的物品。只是租借一天，等考試過後再歸還的話，應該沒有違反規則吧？

「道具租借室用走的是到不了的。」

「嗯？什麼意思？」這不可能，上次和上官申灼的確是用走的沒錯啊？

「召喚道具租借室有幾個條件。」陰差語帶玄機地說道。

「等等，你剛才是說『召喚』嗎？」

「道具租借室是依照『需求』出現的。唯有知道道具租借室的存在，又想要租借道具的人，才能召喚。」

一種任意門的概念嗎？感覺又好像不太一樣。

「具體而言要怎麼做？」

「在陰間裡，堅定的意念是相當重要的。」陰差繼續說，「試著在心裡默念三次，一定要三次才行喔，當彼方感應到你的需求，就能連接通往那裡的路徑。」

東湛半信半疑地看了陰差小哥一眼，還是依對方所言，在心中默念道具租借室。甚至加重語氣強化迫切的感覺，然後不可思議的事情發生了。

「碰！」一扇門從天而降，就這麼突如其來矗立在他眼前。

這是個再普通也不過的雙開門，上面刻有道具租借室的字樣，門把上掛有營業中的門牌。

東湛詫異地瞪大了眼，「真的出現了！」

「進去吧。」陰差出聲催促。

東湛慎重地打開通往道具租借室的門，進入空間內。

「不知道他要去那裡幹嘛，」陰差一臉困惑地看著對方著急動身的背影，不解地低語，「如果是要租借道具的話，應該不行吧，只有公務員身分的陰間居民才能使用喔。」

這句附加說明顯然完全沒有傳進東湛耳裡。

總算來到了道具租借室，一如先前的印象，挑高的天花板、既寬敞且明亮的空間，數不盡的櫃子環繞在舉目所及之處，卻絲毫沒有半點壅塞感。

這裡的管理者整理得有條不紊，所有的道具都在正確的櫃位上。

櫃臺前的青年是孟晗，道具租借室的管理者，同時也是小孟的親戚。

一身暗紅色調的唐裝襯托他頎長的身形，高挺的鼻梁上架著金邊眼鏡，再配上不苟言笑的拘謹氣質，使人不怎麼想親近。

「道具租借室，有什麼可以為你服務的嗎？」孟晗以平板單調的台詞作為開場白。

「那個，雖然我不知道要租借什麼，但只要有需要的話，你應該可以聽聽我的要求，介紹合適的道具給我吧？」東湛異想天開地提出要求。

孟晗想都沒想就說，「這也是道具租借室的服務之一，不過想必你有『那個』吧？」

「哪個？」

「員工證明，我們只為陰間公務員服務。」

「我沒有……」嘖，真是失策。

孟晗不再開口，只是靜靜地注視東湛，眼神足以讓他全身發毛。

「不能之後再補嗎？我一定會通過公務員考試的，就不能通融一下嗎！」

東湛試著討價還價，但對方不為所動，維持一貫的表情，緩緩將視線移向門口。

意思是要他滾吧，東湛咬著牙，含恨離開道具租借室。

他一踏出門外，大門隨即「碰！」的一聲關上。可想而知門再也打不開，他被驅逐出境了，並且被列為拒絕往來戶。

此刻眼前並非剛才遇見陰差的那片荒野，而是從沒看過的郊外景色。這裡似乎鄰近市區，遠處可以看見明亮的燈火。

看來道具租借室的入口是隨機出現，而出口也是隨機的，全看管理者大爺心情好或不好。

「我居然沒想到這一點，可惡……好痛！」

東湛感到十分懊惱，這時手背上一陣突然的刺痛讓他不由得皺眉垂眼看去。

那是墨久亦剛剛比劃過的地方，那裡顯示出一組數字，看樣子是提醒這一關的時間快要截止了。原來是這個作用啊……

要是沒辦法通過第二關，錄取機會便離他越來越遙遠。然後他就只能進入輪迴，在下一世過著平庸無奇的人生……

東湛心灰意冷，眼看時間就快到了自己卻仍然無所作為，只能漫無目的地遊走。就在這時，他突然聽到一陣激烈的狗吠聲，由小漸大、由微弱轉為清晰。一群目露凶光的野狗逐漸朝他逼近，身上還散發出屍臭味。

老實說東湛不討厭狗，但他怕狗啊！

めんじゅう　ふくはい

陽奉陰違

第三章

香囊

MENJUUFUKUHAI

數隻野狗面露猙獰地露出獸齒，沿著下巴邊淌下黏稠的唾液。

牠們雖然還保有狗的外型，但從外觀上看來只是一副犬類的骨架，身上黏著搖搖欲墜、殘缺不全的皮膚，眼窩裡空蕩蕩的。

用不著預測，東湛也心知肚明。尤其這裡是陰間，被一群散發屍臭的殭屍犬纏上鐵定不會有什麼好事。

「狗狗乖……狗狗乖…麻煩去旁邊玩沙好嗎，不要朝我衝過來啊啊啊！」

東湛所能想到的保命方法就是逃跑，竭盡所能不顧一切地逃命。然而惡犬還是尾隨在後緊追不捨，彷彿誓死要取他小命。不對，他已經死了啊。

即便如此他還是不想被咬，打死都不要。他以前並沒有那麼懼怕狗這類生物，寵物身上柔軟的毛皮觸感很好，想要偶爾被療癒的話他也會去寵物餐廳，光是那裡的貓狗就夠他摸上一整天了。

直到有一天，他突然意識到以前不曾留意過的事。

貓狗是勢利的生物，牠們善於欺負比自己還要弱小的存在。只要被牠們察覺到自己的懼意，就會毫不留情地爬到自己的頭上，狠狠鄙視你。明明什麼都還沒做，就已經被宣判出局了。

從此之後東湛對貓狗的懼意有增無減，特別是狗簡直成了他的罩門。

在如此險峻的情況下被逼到無路可走，他忍不住焦急地都要哭出來了。他絕望地看著眼前的峭壁，縱使他內心有幾百萬隻羊駝在瘋狂奔騰，也改變不了現況。

惡犬發出低沉的喉音，步步進逼。幾隻殭屍犬組成包圍網，不讓獵物有任何得以逃脫的空隙。

東湛只能可憐地貼在身後的峭壁上，動彈不得。他可是生平第一次碰上如此危急的情況。

「狗大哥，我沒惹你們不高興吧？放我一條生路，不要那麼絕情，日後必會報答你們大恩大德的。」

殭屍犬對於東湛的求情毫無反應，依然猙獰地露出利齒，隨即二話不說的衝上前，欲撕扯獵物的咽喉，直取首級。

「咿——」

就在千鈞一髮之際，有個人影擋在他面前，一瞬間便將殭屍犬擊退。

東湛仍緊閉雙眼，不敢正視眼前的戰況，只聽見殭屍犬發出一聲聲淒厲的哀號，沒有多久便全數逃之夭夭。

是上官申灼……嗎？

第一時間浮現在東湛腦海裡的是那個青年可靠的身影。

然而抬起頭來，面對的卻是身形高大、臉覆面具的人影。東湛曾跟他們有過一面之緣——那是送刑者，專門押解陰間罪犯去地獄的陰間職員，同時他們自身也是惡性重大的罪人。

「送刑者？」這樣的人怎麼會出現在這裡？

東湛因太過震驚導致無法動彈，送刑者見狀逕自走了過來，粗魯地拎起他就走。

送刑者拎著東湛來到一面路牌前，上面寫著這是「惡犬嶺」。說明寫著這是陰間必經的道路，這些殭屍犬都是生前遭人虐待致死的可憐動物。

牠們會從路經此處的亡靈中挑選曾經虐待動物的人給予懲罰，表現懦弱膽怯的人也很容易被牠們盯上，東湛很明顯是屬於後者。

「好啦好啦，我知道了，可以放我下來了吧！」

東湛這麼說完，便感覺對方的力道一鬆。送刑者的手勁很強，在他的掌心自己根本是具任人擺布的娃娃。

千萬不能得罪送刑者，不然怎麼死的都不知道。

東湛想起自己還在考試，不能再浪費時間，手背上顯示的時間也所剩無幾了。他決定無論如何，先甩掉對方走為上策。

「為什麼送刑者會出現在這裡？」東湛問。

「……」送刑者沉默不語。

「等等，不會是要逮捕我吧？我不是什麼壞人，我只是想要加入陰間警備隊。」

「……」送刑者依然沒有任何反應。

東湛有些不知該如何是好，總之速戰速決吧。

「謝謝你救了我，送刑者先生。」東湛以不自然的語氣起頭，同時僵硬地轉過身子，「不瞞你說，其實我現在正在公務員考試中。這對我而言意義重大，所以就不奉陪了，先走一步……」

話語聲甫落，東湛趕緊腳底抹油從原地溜走。

今天的各種奇遇令他有些吃不消，何況他還沒完成第二關的借物。要上哪去借物才好？他現在可是煩惱得一個頭兩個大。

然而拖行鐵鍊的聲音還是一路尾隨著東湛，他停對方就停下，他前行對方也邁開步伐。

那是送刑者腳上鐵鍊發出的響聲，畢竟他們是地獄的重刑犯，手腳仍有刑具限制其行動。送刑者從頭至尾依然保持沉默，只是默默地跟著他。

東湛慌張地加快步伐。送刑者身上的鍊條應該是個負荷，照理說不可能跟上他極快的腳步。自從來到這裡之後，他就覺得身輕如燕，身體的狀態比活著的時候還要更好，所以絕對不可能——

撥空回過頭，對方輕鬆地跟在他身後只有幾步之遙的距離。

送刑者這樣詭異的行徑讓東湛害怕極了，他不是沒碰過跟蹤狂，但像這樣有魄力的跟蹤狂倒是頭一回。嗚嗚，他錯了，他這下死定了。

不過對方也沒做出什麼令他困擾的事情，況且剛才還救了他，就先當作對方抱有善意吧。

東湛放棄了，論體力要跑也跑不贏，論武力恐怕只會被一拳打死，即便他已經掛了……俗話說「打不過就加入他」，他就先跨出一步，搭起友誼的橋梁吧。

「你叫什麼名字啊？」東湛嘗試向送刑者搭話。

「……」

「我叫東湛，你呢？」

「……」得到的依然是一連串無言的回應。

東湛意識到一個可能性，雖然不怎麼有禮貌，但他還是脫口而出，「你該不會是不能說話吧？」

「……」賓果，他猜對了。

老一輩不是有這種說法嗎？說謊成性的人在死後會下拔舌地獄。既然送刑者是罪大惡極的犯人，那麼舌頭被拔除也不是什麼太讓人意外的事情。

思及此，東湛不禁用同情的目光看向對方，雖然不知道他犯下什麼嚴重的罪行，不過剛才救了他也是事實。

東湛忽然注意到對方覆在臉上的面具寫著數字「肆」，像是某種編號。腦海中忽然浮現在審判廳時，導遊小姐曾說過的話。

面具上的代號是唯一稱呼他們的方法。

「你叫肆號對嗎？」不知為何，東湛就是感覺得到這是正確答案。

罕見地送刑者終於有了反應，他點點頭，身上纏繞的鐵鍊跟腳銬因而發出吵雜的碰撞聲。

或許是因為有送刑者相伴的緣故，一路上沒有再碰到其他的殭屍犬或妖物。不知不覺間，東湛來到了熟悉的街區，這裡是中央街。

送刑者拖著沉重的步伐靠近，遞給他一個純白的香囊，像是個護身符。東湛雖然感到困惑，還是收了下來。

「為什麼要給我這個？」東湛問。

送刑者只是指指他，再看向遠方。

即便只是簡單的肢體動作，東湛還是能夠理解，對方是為了讓他通過考試才給他的，但這香囊有什麼作用嗎？

無論如何，對方幫了他第二次。

「謝謝你，肆號。」

這次東湛非常肯定，不管肆號前世多麼罪大惡極，依然是他的恩人。

手背上的秒數已經趨近於零，第二道關卡借物已然來到尾聲。

有個像是工作人員的人前來迎接東湛，帶領他到考生集合的會場。

其他考生已經等在那裡了。人人手上都有借來的物品，什麼千奇百怪的東西都有，有的是武器，也有的只是本看起來沒什麼特別的書。

這回現身的監考官是上官申灼。

上官申灼依然老樣子，臉部線條俐落，目光灼人，高挑的身材踩著長筒黑靴更顯得威嚴，看起來難以親近。

但東湛絲毫不覺得眼前的人有多可怕。經過上次短暫的相處，他知道刑務警備隊第三分隊的成員都是好人。

相比前兩關都是成對的搭檔，上官申灼一個人看上去有些形單影隻，不過他本人絲毫不以為意。畢竟是強得像鬼一樣的青年，有沒有搭檔根本沒有差別。

上官申灼一一檢視考生借來的物品，在東湛面前停留得特別久。

「你這是從哪借來的？」

「這個香囊是送、送刑者給我的。」對方都這麼問了，東湛只好老實回答。

幾乎是在他說出口的瞬間，其他考生不禁面面相覷，有的還低聲議論了起來。

光是送刑者這三個字就足夠使人倒抽一口涼氣，普通的陰間居民不會想要與送刑者打交道，光是看到他們出現就知道一定沒好事。

「他剛剛是不是提到送刑者……」

「他難道不知道送刑者都是罪大惡極的重刑犯嗎……」

「敢跟送刑者扯上關係，這傢伙到底是什麼來頭啊？」

上官申灼聞言雖沒說什麼，卻不免露出一言難盡的神色。

這樣的表情讓東湛感到有些不安，他想追問，但對方已經開始說明第三道關卡的規則了。

「第三關，也就是最後一關，你們必須要去陽世捕捉餓鬼。最近鬼差帶回來的亡靈數量不知為何銳減，有可能是源於餓鬼作亂。

「通常餓鬼為了避免被盯上，不會毫無節制地獵食亡靈。但這隻餓鬼卻大量捕食，擾亂了陽世與陰間的平衡。

「你們最後的任務就是抓到這隻餓鬼，必要時我們這些監考官會視情況提供協助。」

所以接下來是要出發到陽世去囉？

上官申灼繼續說下去，「每位考生都可以得到簡易的捕捉工具。」

不用等他示意，一旁的工作人員動作迅速地發給每位考生一雙手套和一綑繩子。

東湛自然也有，他看了看這未免太過樸華無實的道具，莫非是要他們徒手捕捉餓鬼？這有可能嗎？

他不是沒見識過餓鬼，雖然體型跟相貌各異，但都不是能用手套和繩子就輕易捕捉的，又不是在抓雞。這一趟，莫不是讓他們這些考生去送死吧?!

「五分鐘後出發到陽世。」上官申灼頗具威嚴的嗓音再度傳來。

東湛眼見機不可失，立即上前，「如果捉到餓鬼，是以團體中誰貢獻比較多來評分的嗎？」

「考試理所應當是個人行動，誰能捉到餓鬼，各憑本事。」

這話果然很符合上官申灼一貫的行事作風，東湛原本還期待能夠團體行動呢。

餓鬼是什麼狠角色他不是不知道，憑他一己之力是絕對不可能捉到的，非得仰賴他人協助不可。他不禁有些大失所望。

上官申灼看穿他的憂慮，「別擔心，只要用心好好感受餓鬼所在位置。」

「用心？」東湛困惑地皺起臉，「我已經死了，心臟再也不會跳動了，如果你是想諷刺我大可不必——」

上官申灼似笑非笑地輕輕搖了下頭，「餓鬼有種獨特的味道，它們的靈魂特別混濁骯髒，跟一般的靈不一樣，很好分辨。既然它毫無節制捕食許多靈體，氣味也會特別的強烈，只有你也是靈體的時候才能感受到。」

有些事只有活人能夠辨得到，同理可證，有些事也只有現在身為靈體的東湛能察覺。

「只有現在的我才能察覺……」東湛似懂非懂地聽取上官申灼誠心給出的建議。

雖然他仍舊一臉茫然，但起碼有個大方向。

而且對方只告訴他一人，這代表他們之間果然是有些交情吧！果然在家靠父母、出外靠朋友，他今天總算是親身體會到了。

上官申灼忽然莫名感覺一股寒意竄過全身，轉過頭剛好對上東湛有些曖昧的眼神。

所有考生都透過魂玉，穿過流動廁所來到了陽世。

陰間靈體只要貼上靈紙都可以短暫現形於陽世，大致上跟一般活人看起來沒什麼兩樣。幾乎所有人一到陽世，就立即分道揚鑣去尋找目標的餓鬼。

東湛重重嘆了口氣，原本他打的如意算盤就是依靠他人的力量，果然還是太天真了。

他努力回想上官申灼臨行前給予他的建言。

餓鬼有種獨特的味道，它們的靈魂特別混濁骯髒，跟一般的靈不一樣，很好分辨。

氣味是嗎……東湛細細咀嚼這句話背後的含意，細細嗅聞。

他確實聞到了，空氣中的確有股特別強烈的味道，還可以看到混濁的煙霧一路指引著某個方向。

就是這個！東湛一路跟隨著那縷煙霧，像是追著對方的足跡。

靈紙可以掩飾身上的氣味，避免被餓鬼察覺。或許是同類相吸的緣故，靈體能感覺到其他靈體的存在，因此也會吸引到不懷好意的同類。

東湛來到一處墓地。這裡人煙稀少，墓碑緊鄰著墓碑，整齊劃一的排列，看樣子可能是有專人管理的公墓。

墓地異常的乾淨，這乾淨不是字面上的意思，而是沒有任何靈體存在，也沒有任何吵雜的聲音，空氣中流淌著詭譎的氛圍。這裡的靈體恐怕都被那傢伙吃掉了。

東湛可以察覺不對勁，卻無法確實感知餓鬼的所在位置。唯一的線索竟然到這裡就中斷了，他有些不甘心。

若是繼續放任餓鬼如此猖狂的話，可能會出大事，他必須做點什麼不可。抱持這樣的決心，東湛決定先仔細搜尋公墓的每一處角落。直覺告訴他，餓鬼正潛伏在這裡伺機而動。

他小心翼翼地一路地毯式搜尋，盡量不打草驚蛇，專心尋找陰暗潮溼的地方。

「啊啊啊啊啊啊——」

這時卻猛然傳來刺耳的尖叫聲，東湛循著聲源趕緊跑去察看，卻被眼前的景象嚇得動彈不得。

捕捉已經開始了，一場血淋淋的獵殺在面前展開。

這隻餓鬼的體型比東湛先前碰過的還要更為巨大，先一步發現目標的考生們都被擊敗且身負重傷。有的甚至身體整個被扯開，慘不忍睹。

餓鬼正愜意地享用大餐，嘴裡咀嚼著某位考生的腿。那位考生已經昏迷，整個人都快要被吃掉了。

「怎麼會這樣……」目標太強大了……即便東湛趕來支援，卻改變不了局面。

明明餓鬼已經察覺他的到來，卻根本沒把東湛放在眼底。東湛深刻體會到這就是強者跟弱者的差距，他便是此刻食物鍊的最底層。

東湛大口的深呼吸，即便現在的他根本不需要呼吸。他已經死了，沒錯，比起活著，反正死了更能無所畏懼。

東湛彎腰拾起地上的石頭朝餓鬼扔去，順利引起它的注意。對方扔下才吃到一半的考生，危險的視線移了過來。

明明不是第一次面對餓鬼，但感受到的壓迫是先前的好幾倍，東湛趕緊戴起手套，準備應戰。

繫在腰間的繩索像是感應到什麼，自動解開滑出，像蛇一般尋找著目標，三兩下就將餓鬼緊緊綁住。但顯然這樣還是不夠，東湛才在驚嘆繩索的妙用，餓鬼一下子就破解繩索的束縛了。

「等、等等！」

面對擁有強大破壞力的餓鬼，東湛只能左閃右躲。

有些墓碑遭到戰火波及而傾毀，讓他不由得湧上罪惡感，這些亡者的靈體已被餓鬼吞食，連墓碑也不得安寧。

一棵大樹朝東湛傾倒過來，他下意識用手撐住，巨大的樹幹居然就輕而易舉任由他擺布。

「這個是我的力量嗎……」

東湛愣了一下，他的力氣怎麼可能有這麼大的變化。

仔細想想，這恐怕是手套的效果。這手套是監考官發下來的，當然具備打倒餓鬼的作用。既然如此，他決定正面迎敵。

餓鬼碩大的拳頭猛地砸落，東湛趕緊側身避開。霎時泥土跟碎石紛飛，但並沒有損傷他半分，看來陽世的東西無法直接對靈體構成傷害。

「來吧，你這個怪物！」

他閃避餓鬼的新一波攻勢，踩上餓鬼的手臂，幾個踏步就來到它面前，舉起拳頭重重地揮在眉心上。餓鬼痛苦地皺起臉，發出尖銳淒厲的嚎叫，極為刺耳的高音頻使得東湛耳膜一陣劇痛。

東湛的反擊奏效，餓鬼踉蹌了幾步往旁邊倒去。他趁勝追擊，揮出下一拳打在它的腰腹上，「吃我這招！」

餓鬼不甘示弱地猛然揮出一掌，東湛驚險地退開，強勁的掌風颳過他的臉頰，他一個跳躍，在空中完美地翻轉落地。

幾番苦鬥後，他意外發現自己的運動神經變得比活著時還發達。漸漸適應後，他便能在餓鬼攻擊前先行閃避，甚至能夠跳躍到半空中，身輕如燕大概就是這麼回事？

此外他的視力也增強許多，靜下心來細看，便可以捕捉到餓鬼瞬間的動作。然而，光是這樣是不夠的。

「可惡，我的能耐就只有這樣了嗎……」

東湛明白自己的任務是捕捉餓鬼。雖然有繩索和手套的加持，但不足以制伏如此凶暴的怪物。

餓鬼繼續搞破壞，四周的樹木有些傾倒斷裂，有些被攔腰折斷。它再次朝東湛襲來，他擺出防禦架式，卻不料對方另一掌也跟著拍落，雖然勉強閃避還是被震飛了出去。

「果然還是太勉強了，說好的會出手幫忙呢……」

監考官是不是太低估這隻餓鬼的實力了？又或者太高估他們這些考生了……

「啊……我的腳。」東湛狼狽地爬起身，剛才他以腳著地承受撞擊，果不其然受皮開肉綻。畢竟不習慣這樣的戰鬥，不出所料在對餓鬼造成有效攻擊前，自己就先掛彩了。

餓鬼張大著嘴又撲上前來，拖著一隻腳的東湛根本不是它的對手。眼看就要被餓鬼一口吞食，就在這時候，餓鬼卻驀然定住了。空氣瞬間凝結，彷彿是有人按下了影片的暫停鍵。

「這是怎麼一回事？」東湛不知所措地瞪大雙眼，仍心有餘悸。胸口激烈起伏不止，大口的喘息著，不是在呼吸而是出於內心的恐懼。

餓鬼巨大的身軀忽然劇烈地蠕動，皮膚鼓起，漲大得像顆球似的；身上一下子爬滿裂痕似的紋路，裂痕中生出無數個眼睛，也增生出好幾雙手臂。

餓鬼產生異變了。它像彷彿很痛苦地不停扭動震顫，像是不情願這樣的變化。

東湛忍著痛楚，勉強爬到鄰近一棵尚未倒塌的樹上，從剛才開始內心的警鈴就響個不停。

他只知道餓鬼好像變得不太一樣，但為什麼突然發生這樣的情況則不得而知。

不只是型態的變質，而是餓鬼的內在產生變化了。

還沒來得及細想，發生異變的餓鬼猛烈朝東湛襲來。

めんじゅう　ふくはい

陽奉陰違

第四章

Spoilage

MENJUUFUKUHAI

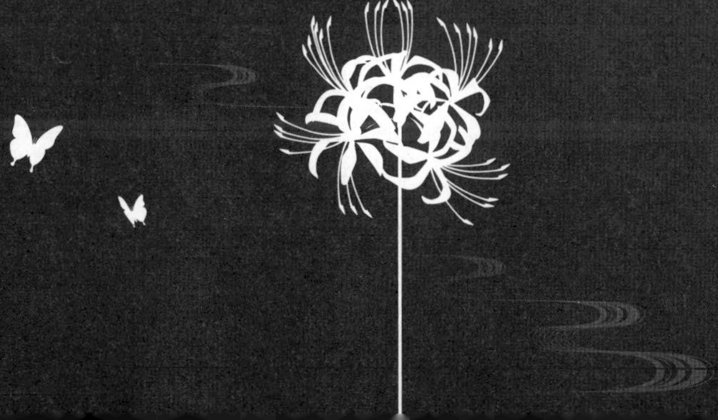

於此同時，刑務警備隊的所有監考官一直在監看考生們的情況。

剛剛發下的工具都裝有追蹤儀，除了防止工具遺失外，更可以監視考生的戰鬥表現，以便評分。

透過追蹤儀，考生與餓鬼的戰鬥正如實轉播到警備隊專用的會議室裡，餓鬼的異樣他們當然也看在眼裡。

這的確很不尋常，這恐怕是幾十年來沒出現過的情況，顯然已經超出考試範圍，普通的新人是不可能應付這種怪物的。

「有沒有人可以說明現在是什麼狀況呢？」沉默半晌，坐在會議桌主位的青年率先出聲。

他看上去三十出頭，嘴角漾著溫柔的笑意。警備隊制服的胸前口袋露出顆小小的頭顱，那是青年養的小倉鼠，他喜歡帶著牠出席各種場合。

他的名字是莫槿，是第一分隊的隊長，同時也兼任總隊長的職務。

上任總隊長因為某些緣故終於卸下肩上重擔，快快樂樂地投胎轉世去了。

於是總隊長的頭銜自然落在在警備隊裡最德高望重的人身上，那就是莫槿。

「情報有誤。」第二個人跟著接話。

這人名叫朱羽，是莫槿的親信。他的臉頰上有道明顯的傷疤，頭髮剪得非常短，而且為人嚴肅不苟言笑。即便這樣也不難看出他有張端正的臉孔，散發出英氣逼人的氛圍。

「目標的危險程度已經超出考試範圍，九位考生都身負重傷，必須緊急處理，然後由我們收回目標。」

「不過那隻餓鬼，為何會產生如此大的變化？是否是有心人士在背後操縱的結果？」這回說話的人是名女子。

她留著一頭俐落清爽的齊肩短髮，結實的身形不輸給在場的男性成員們。她隸屬於第二分隊，名喚伶央。

此推論一出，立即獲得其他人無聲的同意。

「那隻餓鬼真的很可怕，難為這次的考生了。你們都是誰啊？」總是做出不合時宜的發言，患有臉盲症的男性，同樣是第二分隊的慎夏。

「Take it easy！」叫大家放輕鬆的人有著標準的西方臉孔。他是第二分隊的隊長，奧斯陸。

金髮碧眼的他在清一色的東方面孔中顯得格格不入，相當顯眼，不過本人倒是頗不以為意的模樣。

「這對我們來說只是小 case 吧，先擺平餓鬼再調查詳情，have faith in yourself！」

「這不用你說，其他人也知道啦！現在當務之急是收拾這個禍端，要是麻煩延伸到陽世，擾亂兩世間的平衡，到時候誰來負責？」

同樣是第二分隊成員的錦葵忍不住插話。他有著黑色短髮，小麥色肌膚，火熱的眼眸傳達出一股桀傲不遜，卻有著與身上叛逆的氣質不相襯的優雅名字。

「我說啊，不良 boy。」奧斯陸一臉拿對方沒轍的樣子。

「我叫錦葵！」錦葵怒聲抗議，「不要每次都那樣喊我！」

奧斯陸冷笑數聲，是時候該搬出他的頭銜了。

「你忘記我可是第二分隊隊長了嗎？還是你的 partner，我就是這麼厲害的 character，你想對我說什麼呢？」

「……我什麼都不想說。」錦葵垂下肩膀。

「忠誠雖然不是你的 obligation，但希望你能夠適時表現出來。」

這陣爭論到此結尾，千萬別想得罪警備隊的人，尤其是隊長級的人物。

「請總隊長下令，讓我帶第三分隊隊員前往陽世。」上官申灼冷靜無比地說道。

他沒有被畫面中的慘況嚇得自亂陣腳，也沒有現出一絲疑慮，還是平常一貫的模樣。

「不，當然是由我們第二分隊去！」

「事態緊急，第一分隊義不容辭應當率先前往！」

第二分隊的錦葵與第一分隊的朱羽，幾乎同時搶著說道。

「要是都去了，結果全軍覆滅怎麼辦？這是不是就是所謂的全滅啊……」

第一分隊的緋彌焦慮地眉毛都要因而打結了。他習慣對每件事情都做最壞的打算，事態的發展就是有可能那麼糟嘛！

「放心，沒那麼容易全滅啦，又不是在殺害蟲。」穿著警備隊制服改良而成的功夫裝少女茶茶試圖安慰他，然而話鋒立即一轉，「喔，對了，要不要嘗嘗我今天做的甜辣醬泡芙麻婆豆腐呢。」

「我寧願選擇全滅……」緋彌氣若游絲地抵抗。

「不要以為把東西全丟進一鍋就能被稱作食物，吃那種東西是會拉肚子的。」茶茶身邊的少年遙日，毫不留情地吐槽自己的搭檔。

「不然我拿去給伶央姐吃好了。她人那麼好，一定會答應我這個卑微的請求！」

全警備隊茶茶崇拜的人只有伶央，同為女性，對方是如此的帥氣耀眼而光彩奪目，簡直是她心目中的榜樣。

「那種東西麻煩直接丟垃圾桶好嗎。」

「就算你話裡特意加上麻煩兩個字，聽起來還真是讓人火大啊，想打一架嗎！」

「來啊。」遙日慢條斯理地撩起袖子。

會議室變得一片鬧哄哄，大家只顧自己想說的，一時間發言四起。

這令莫槿難得焦躁地皺起眉頭，他輕嘆了口氣，聲音沒有特別拉大，只是不急不徐地吐露具有鎮壓性的兩個字，「安靜。」

霎時，會議室內再也無人開口，所有眼睛齊齊對準了坐在主位的青年。即便有任何不滿的情緒，他們也知道，總隊長說的話是絕對的命令。

「上官申灼，你還有其他話想說的嗎？」莫槿看出第三分隊隊長仍有話未說完。

「這次的考試是由第三分隊出任主監考官，發生這樣的狀況難辭其咎，理當由我們收拾善後。」

莫槿細細思索，最後輕輕地點頭同意，但是加上一條但書，「如果你們無法處理乾淨的話，將由我們全權接手，三隊的人不得有異議。」

「了解。」上官申灼恭敬地向莫槿行了一禮。

既然總隊長都下令了，其他人也沒再堅持下去，一致同意。

上官申灼刻不容緩地領著墨氏兄弟前往陽世。為防橫生其他狀況，檀和茜草則是留在陰間沒有跟著過去。

變異後的餓鬼不只體型上變得巨大許多，戰鬥力也相當驚人。不再只是以蠻力取勝，多了許多新招式，剛剛那猛然一擊直接將東湛棲身的樹木直接擊碎。

「這什麼鬼啊……」東湛拖著腳勉強跑起來。

以餓鬼移動的速度很快便能追上他，無數的眼睛讓它的攻擊幾乎是全方位的，無論他逃到哪，攻勢就追到哪。

不只如此，餓鬼吐出的唾液帶有劇毒，植物只要染上便瞬間枯萎死亡。東湛不知道若是在自己身上效果會如何，他當然也不打算以自身去嘗試，神農嘗百草的結局眾所周知。

東湛雖然試著想要與變異的餓鬼對抗，但還是被打得節節被退。他在閃避的過程中不小心絆到石頭跌了一跤，這時候餓鬼的拳頭已近在眼前。他下意識地抬起手臂防禦，然而這拳卻未傷他分毫，僅僅打在不遠處的石塊上。

肆號贈予的香囊自衣服中滾落出來。東湛看了一眼，這才想起有攜帶這東西，會是這個香囊保護了他嗎？肯定是他多心了吧。

餓鬼猛烈的攻擊依然持續，東湛只能狼狽地四處逃竄。他仔細觀察對方會不會在一瞬間有什麼空隙，只要等到那時……

餓鬼的樣子似乎有些不對勁，無數的眼睛慌亂地四處張望，周圍的氛圍在瞬間變得緊張起來。這股靈壓不是來自餓鬼，而是另有其人。

只聽見一聲犀利的撕裂聲，巨大的金屬迴力鏢直接砍在餓鬼身上。

怪物雖然在最後一刻避開，身上卻多了道血痕，頓時變得暴怒不已，眼睛都因灌滿怒氣而染成紅通通一片。

金屬迴力鏢在空中轉了個弧度，再度旋身朝目標攻擊，儼然把餓鬼當成明確的靶心。充滿力量的一擊再次狠狠往怪物砸去，才結束它猛烈的追擊。

緊接著空氣裡傳出明顯的波動聲，一支箭矢帶著強力的衝擊波筆直地插進餓鬼的眼睛，霎時間怪物所有的眼睛都痛苦地扭曲起來，血如噴泉般湧出。與其說是血更像是某種不明的體液，黑糊糊的膏狀物流淌一地，像是未乾的柏油。

身後響起規律的腳步聲，不用回首，東湛就已經知道來者何人，是上官申灼還有墨氏兄弟。

但是，現在不是還在考試中嗎？難道——

「考試中止了對吧……」

好不容易來到最後一關，卻又被迫面臨這樣的結果，說不失望是騙人的。

「餓鬼產生異變，突發狀況已經超出考試範圍，總隊長下令由我們第三分隊來收拾善後。」上官申灼緩步走上前，已經將苗刀出鞘。

「果然發生異變了嗎？這傢伙竟然會吐出帶有劇毒的唾液。」

這隻餓鬼跟他先前遇過的有明顯的差異，不只體型，光是能吐出有毒液這點就很不尋常。

「別擔心我們，」墨良徹的武器已經回到他手中，外觀不再是迴力鏢的樣子，而是一把帶有鋒芒的扇子，正蓄勢待發，「還是保護好自己的小命吧，沒準你很可能會死第二次喔。」

「用、用不著你擔心！」這傢伙說話還是那麼容易挑起別人的怒火，東湛忍不住在內心抱怨。

「記得躲好，不要被波及到。」墨久亦讓東湛躲在身後，哥哥依然是個傑出暖男代表。

既然已經取消考試，由警備隊出面收拾善後。東湛也想保住自己的小命，自然是恭敬不如從命，立即乖乖配合躲得老遠。

「……還躲得挺快的嘛。」墨良徹看著東湛的背影笑道。

「阿徹，不要分心。」

「是，亦哥！」墨良徹迅速將目光轉移回目標上。

墨久亦已經將箭搭在弦上，往後拉便鬆手，又一記挾帶猛烈衝擊波的攻擊筆直刺向負傷的餓鬼。餓鬼沒來得及避開，又挨了一箭，痛苦地哀嚎不止。

但它也沒打算坐以待斃，接連吐出好幾口帶有劇毒的唾液作為掩護。三人見狀趕緊閃躲，即便是身經百戰的警備隊成員，也不能保證沾上毒液能夠全身而退。

「真是卑鄙的傢伙，交給我吧！」墨良徹臉露不齒地說道。

他輕吟幾個音節，像是在念咒一般，俐落地振臂甩出手中的巨扇。武器立即快速旋轉，將妖怪附近的樹木都攔腰砍斷。傾倒的樹幹轟然倒坍，全都壓在餓鬼的身上，使其瞬間動彈不得，想要起身卻被壓得死死的。

這時候終於輪到上官申灼上場了，東湛注意到時，他已經飛身躍向半空，刀尖凝聚了強力的靈力，接著一刀砍下餓鬼的頭顱。

下一秒餓鬼像是瞬間脆化，紋路遍布全身然後逐漸崩解，化成一攤黑泥，蒸發消失，空氣中瀰漫著一股燒焦的氣味。

上官申灼的苗刀在接觸餓鬼的那一瞬間，靈力的餘波通過怪物整個擴散開來。不知是不是錯覺，東湛覺得雙腿莫名有種詭異的酥麻感。

三個人合力不出幾分鐘就解決了異變的餓鬼，相較之下，東湛剛才的惡鬥根本就是場笑話。

「你們未免也太帥了吧！」這是實話。東湛由衷地讚嘆起第三分隊各位的實力，「就像是在拍電影一樣，相信我，你們絕對可以出道的！」

「我說啊……」墨良徹沒好氣地開口，「現在不是說這種話的時候吧？」

「咦？」東湛不明所以的偏過頭。

「考試。」墨久亦言簡意賅地解釋。

「考生們都身負重傷，後續的補考自然是得暫緩，這部份還得請示高層的決定。怎麼，你那什麼表情？」上官申灼頓了一下，雙眉微微揪起。他看不透此刻東湛表情的含意，顯得很是困惑。

東湛默默地思考著，他從上官口中多次聽到「高層」兩個字，看樣子不管是陽世還是陰間的公務員，都要照著上頭的指示行事，沒想到人到了陰間還是得當社畜啊……

還是偶像好，身為公司搖錢樹的他，若是堅決說不，也沒幾個人能逼迫他。

東湛忽然靈機一動，「陰間有沒有偶像的職業啊？不覺得陰間的住民也要一個超級偶像來點綴平日苦悶的生活嗎？」

「那是什麼東西啊，」墨良徹第一個跳出來潑冷水，「陰間住民才不需要這種東西，我們平常就很忙碌了，一點都不想要多餘的奇怪傢伙來打擾安寧！」

「什麼叫多餘的奇怪傢伙！」東湛忍不住要抗議，「那是一種休閒，我就不相信陰間住民都不需要娛樂。」

「為什麼要？」墨良徹的武器已經回復成扇子的模樣，現下在掛在他的腰側。他困惑地歪了歪頭，「娛樂是活人才需要的東西，亡者不管擁有什麼，都不過是曇花一現。」

「可、可是……」

「雖然陰間居民都比照尚在陽世時，努力的生活、辛勤的工作，讓陰間的系統得以運作，但大部分人都沒有前世的記憶，情感自然也會薄弱許多。」墨久亦代替弟弟沉穩地補充道。

「原來是這樣子啊。」不過明明他在陰間碰過的人個性都異常鮮明啊？東湛還是有些不解。

說到娛樂，他忽然想起喵嗚馬戲團還有小孟，前者到底是什麼東西已經被他列為陰間不可思議現象之一了。

「走吧，總隊長會想要見你一面。」上官申灼朝東湛扔出這麼一句話，隨即轉頭離去。

「總隊長？為什麼想要見我啊？」東湛連忙跨出步伐，想要跟上青年的腳步，「還有這些人怎麼辦？」他膽戰心驚地往地上瞥了幾眼，其餘的考生幾乎沒有完好的身軀。

「會有醫療救護組前來修護這些考生。」上官申灼頭也不回地答覆。

「修護？這些考生的身體都可以重新拼起來嗎！因為不是活人的緣故？」

「只要亡者的魂魄沒有損毀太嚴重，都可以進行修護。」

東湛似懂非懂地點點頭，努力想要理解上官申灼的意思，可惜還是一知半解。

他正想要再說什麼時，忽然一聲慘叫。

已經走了一段距離的上官申灼也聽到了，趕忙回過頭來，正巧目睹墨良徹倒下的那一幕。

「阿徹！怎麼回事？」墨久亦連忙上前查看弟弟的狀況，只見墨良徹痛苦地按著後頸，那裡有塊傷口。

他們同時看見有個不明的物體躲在一旁石塊的縫隙裡。

「原來還有漏網之魚。」上官申灼的刀再度出鞘，只憑藉著銳利的劍氣就將那個黑影消滅了，「本以為解決了餓鬼，沒想到這隻狡猾的東西在消滅前分裂了分身。」

「別擔心，亦哥，我沒事！」墨良徹面露痛苦地起身，步伐仍站不穩，需要攙扶才能勉強行走，讓人不禁擔心他是不是在逞強。

「阿徹，你脖子上的傷……回去要先讓救護組治療……」

「安啦，看我好得很！」墨良徹放開哥哥的手，還在原地跳了幾步，證明自己的身體什麼問題都沒有，最後還奉送一個燦爛的笑容，「只是小傷，我們快回去吧，隊內還有很多事要處理呢！」

「真是這樣就好了……」

即便弟弟試圖讓自己放心，墨久亦還是無法放下心中的一顆大石。總覺得有不好的預感，但他始終沒能說出口。

返回陰間後，總隊長果然召見了東湛。

今天第二次的臨時會議，警備隊成員再度齊聚一堂，不過這回只留下隊長級以上的人物。

「倉、倉鼠……」東湛看向會議桌的主位不免露出錯愕的神情，「這裡怎麼會有倉鼠，難道牠是……」

「這是小倉鼠，是我的家人。」坐在主位上的青年溫柔地捧起試圖到桌上散步未遂的小倉鼠，放進自己大衣的口袋。牠小小的頭顱探了出來，好奇地東聞西嗅，「你該不會以為這隻倉鼠是統帥陰間警備隊的總隊長吧？」

「我才沒有……」東湛心虛地撇過視線，有那麼一瞬間，他的腦海該死地浮現上官申灼畢恭畢敬稱呼這隻小倉鼠為總隊長的奇異畫面。

「我是總隊長莫槿，你的事我已經聽上官說了。沒想到竟然有人因故來陰間一趟，才回歸本體幾個月就又死了。但我不是要跟你探討這個問題，關於此次的招選你有什麼話想說嗎？」

東湛板起面孔，認真地問到，「你的倉鼠有名字嗎？」

從剛剛開始，他的心思就一直圍繞在小倉鼠身上。雖然他不是受大型動物歡迎的人，但他倒是很喜歡這種毛茸茸的小動物。

莫槿有些意外地抬起眉毛，但似乎沒有覺得被冒犯，「小倉鼠沒有名字，牠就只是一隻小倉鼠。」

「你只是懶得取名字吧……」東湛忍不住低聲嘟囔。

第三分隊隊長上官申灼像是不忍直視這個問題，默默地掩面嘆氣。

為人颯爽直接的第二分隊隊長奧斯陸倒是忍不住噗哧一聲笑了出來，「Amazing！

太有趣了，就算一連用三個驚嘆號也不足以形容我心中的 Shock！」

「你知道名字的意義嗎？」莫槿問。東湛搖了搖頭。

「人都有屬於自己的名字，但有名字就是件好事嗎？因為你的名字，有時候不得不作出符合期待的行為。換句話說，名字不過是個枷鎖，或許有人每天為了自己的名字而傷透腦筋呢。」

「有道理。」東湛認同這個論點。在陽世是超級偶像的他，只能活在人們的期望中，但那些都只是大眾美化過的他，有時候他甚至懷疑其他人口中的東湛到底是誰。

「小倉鼠是動物靈，牠是我在這裡的牽絆，但我不想要以名字束縛住牠。或許有一天待時間到了，牠就會離開我去輪迴，到時候我也就不會那麼難過。離開並不見得是件壞事，只是有了新目標而已。」

「莫槿你一定是個好隊長。」東湛唇角上揚，輕輕地笑了。

「另外有件事，我也想以過來人的經驗告誡你。」莫槿的臉色黯淡了下來，眼神變得冰冷，「人都有許多面向，不要以其中一面來判斷一個人。沒有誰是全然的好人或是全然的壞人，你要那麼相信也可以，不過要記住……」

「嗯？」東湛不明白為什麼和顏悅色的青年會變得冷淡，令他有些不安。

「無論好壞，只要你認為是正確的事，就請堅持立場，不要被他人影響。以上，是我的告誡。」話到這邊打上了休止符，莫槿再度換上和善的表情，「讓我們言歸正傳吧。你知道我找你來的原因嗎？」

「不是告知我錄取了嗎？」不然的話還真想不到有什麼原因非得讓總隊長召見他不可。

「為什麼你覺得我們會錄取你？」莫槿感到有些啼笑皆非。

那還用得著說，當然是因為──

「這次考試的規則也好，關卡的難度也罷，都是你們訂的。最後那隻異變的餓鬼算是突發狀況，但是你們的疏失。其他考生都身負重傷，我作為最後的生還者，你們基於補償也應該錄取我。」看，連理由都幫你們想好了。東湛有些洋洋得意地揚起嘴角。

「似乎有幾分道理。」莫槿沒有在第一時間反駁，反而將頭轉向一旁徵詢另外兩位分隊長的意見，「關於東湛的提案，你們怎麼看？」

「Wow, unbelievable！」奧斯陸狀作無奈聳了聳肩，「雖然有些道理，但依我看，這次最好的做法就是從缺。」

「關於這點，本來我是想附議，」上官申灼頓了頓，「但何不給東湛一個機會，呢。這幾十年來沒有半個新人，雖然他目前能力還不夠，不過我從他身上看到了潛力，或許我們缺的正是有無限可能的璞石。」

「什麼？」從上官申灼的口中聽到舉薦自己入隊的話語，東湛難以置信地盯著他，以為自己聽錯了，「你是在稱讚我嗎？」

「竟然你都這麼說了，我會考慮的。」莫槿相信上官申灼的眼光，他的行事風格一直都相當嚴謹，沒有把握的事不會輕易說出口，「在我們商討的結果出來之前，你就先待在這裡——」

「咚咚咚——」一陣急促的腳步聲從遠而近，接著不由分說地推開會議室大門。

三位隊長同時回頭，看到的是墨久亦蒼白且慌張無助的臉孔。

上官申灼一見到是自家隊員，立即推開椅子站了起來，「發生了什麼事？」

「阿徹他……」墨久亦的聲音顫抖著，他逐漸哽咽，話斷斷續續不成句，「昏迷了。無論怎麼喊他都沒有甦醒的跡象，他會不會……再也醒不過來了……」

這是東湛第一次見到墨久亦如此失去冷靜的模樣。

一個平時高大挺拔的青年在這時顯得如此弱小無助，彷彿失去了一切。或許，弟弟就是他的全世界。

めんじゅう　ふくはい

陽奉陰違

第五章
窺探前世

MENJUUFUKUHAI

墨良徹陷入了昏迷，醫療救護組的人無論做多少種檢測都找不出原因。

他就像是靜靜地陷入了無止境的沉睡中。睡著時的側臉看起來特別安詳，感覺不出一絲痛苦，似乎只是一如往常的休憩，很快就會醒過來了。

但誰都知道事實可沒那麼簡單。

既然連醫療救護組的專業人員都表示沒轍，墨久亦只好先將弟弟運回第三分隊宿舍。做哥哥的只能這樣寸步不離守在弟弟的床榻，期盼會有奇蹟發生。

東湛也跟著去察看墨良徹的情況，從某個角度而言，對方是為了來救自己而負傷的。

如同墨久亦剛剛所述，躺在床上的墨良徹一點反應都沒有。他甚至以為對方就要死了，不對，認真說來在場所有人本來就都已經死了吧。

同行的三位隊長見狀，在一旁商討起來。莫槿帶頭試圖釐清思緒，「那隻異變的餓鬼在被消滅之前分裂了？」

「是的。」上官申灼點了點頭，「這都要怪我太過粗心大意，沒在第一時間察覺到。責任歸屬在於我，我會負起全部責任。」

「現在談責任問題似乎還早了些。」莫槿沉默半晌後，緩緩開口，「我比較在意的是那隻異變的餓鬼。餓鬼之間彼此互相獵殺、吞食屢見不鮮，但這回的異變似乎跟往常不太一樣，異變的產生甚至不是出自餓鬼的意願？」

「My goodness！我聞到了陰謀的味道。」奧斯陸誇張地朝空中嗅聞幾下，「提到餓鬼，我們第二分隊的隊員在前幾天帶回來一條 interesting 的情報，要聽看看嗎？」

莫槿和上官申灼同時將目光移到奧斯陸身上。

「赫由整理了前陣子巡邏的資料，結果顯示出這些餓鬼的外型都變得不太一樣，群體之間也躁動不安，甚至好像在害怕些什麼，而我相當好奇它們恐懼的源頭。」

奧斯陸一長串話難得沒有夾雜任何英文。他似乎只要轉換成認真模式，連自己的母語都會忘記脫口而出。

赫由是第二分隊的隊員，是個情報通，喜歡透過數據資料來說話。要是想知道什麼祕辛找他就對了，雖然有些不知從哪得來的八卦情報根本未獲當事人證實。

「恐懼是嗎……」上官申灼喃喃低語出聲，仔細思忖奧斯陸方才的一番話。

三位隊長忙著商討對策，沒人願意撥空搭理一旁的東湛。墨久亦還是一副愁眉不展的沮喪模樣，只是默默望著弟弟的側臉。

東湛不知該如何安慰對方，安慰不是他的強項，應該說這時候無論說什麼都不對。

墨久亦卻主動開口，「據醫療救護組的人說，這樣的情況非常罕見。除非魂魄遭受到嚴重的損傷，否則一般的傷休息幾天自然會恢復。昏迷不醒可能只有一個原因，阿徹陷入了自己心魔所架設的牢籠內。」

「心魔？」

「除非知道箇中原因，否則阿徹只能一直沉睡下去。」墨久亦垂下眸光，眼神渙散，有些失神。

「你沒事吧？」東湛忍不住拍拍對方的肩。

「抱歉，我想，我需要休息一下……」墨久亦像是驚醒一般，迅速回過神，臉色古怪地匆匆離開房間。

「他這是怎麼了啊……」東湛有些不知所措。

他接替墨久亦，在床榻邊照看著昏迷不醒的墨良徹。畢竟對方受傷他也有一部分的責任，起碼在哥哥回來前顧著弟弟這點還是可以做到的。

一瞬間，他發現弟弟動了下手指。東湛實在太過驚喜，下意識握住對方的手。

「沒辦法，哥哥不在身邊時就由我來照看病人吧。畢竟他們還要處理那隻異變的餓鬼……」

但當東湛握住墨良徹的手時，他瞬間覺得一陣天旋地轉。

明明房間內還有其他人，他們的交談聲卻彷彿離自己好遠好遠，思緒似乎抽離了自己的意識。他發現自己竟能夠感受到靈魂的震顫。

弟弟的靈魂正在哭泣，正在獨自痛苦著，腦海迅速閃過墨良徹回憶的片段，這是他前世的記憶？

「這是什麼？」只有我才能看見嗎。

東湛想要靠得更近以便看得更清楚，但靈魂似乎在抗拒，將他給彈了回來。

他再眨一次眼後，意識已經回到了原本的房間裡。被他握住手的主人仍是全無反應，彷彿剛才的經歷不過是海市蜃樓般的幻覺。

東湛把自己的發現告訴上官申灼，只見對方低下頭來默默思索了一番，「你確定那不是錯覺？」

「非常肯定不是！」東湛篤定地一口否決上官申灼的猜測。

「自從這次死掉變成靈體後，我總是有種奇怪的感覺，也很難說明。彷彿一切都不太真實，心裡像是缺了一塊，好似遺忘了什麼，卻始終想不起來。之前考試時檮杌那一關也發生相同的情況。

「有個偽裝成你的魑魅，起初我不確定它的真實身分。但透過碰觸，我就能夠窺探其內心，甚至直接拆穿了它的真身。還是說，這個技能在陰間其實很普通，人人都可以辦得到？」

「不，這一點我可以說，你的能力相當罕見，」上官申灼面露猶豫，「至於到底是什麼，我也沒辦法給你一個確切的答案。但如果你說的句句屬實，那或許是對你有益的能力。如果善加利用的話，也很可能成為警備隊的助力。」

「說是這樣說……但你也不知道那是什麼吧。」對未知的恐懼，以及心中的那份好奇，都讓東湛覺得焦慮不已。

如果是連上官申灼都不清楚的特殊能力，那他自己又能掌控到幾分呢？只希望不會最後全然失控……

「我的確是不知道。」上官申灼老實坦承。

「你有必要那麼直接嗎……」

「給我點時間，或許我能查出什麼也不一定。」

「你要怎麼查？」

「有個地方或許可以幫助我查到我想要知道的。」

最後，上官申灼只是這樣簡單明瞭地作結。

接下來的幾天時間，東湛被丟在警備隊宿舍的客房，完完全全被晾在一旁。

警備隊要處理的公務之多，讓每位隊員都很繁忙。之前說要開會商討此次招選的結果，但都第三天了仍然沒有下文。

總隊長當然不是隨隨便便就能見到的人物，東湛也只能等對方想起他的存在，不然也別無辦法。

至於墨良徹仍是處於昏迷不醒的狀態。上官申灼則在這幾天不知道去哪了，整天都不見蹤影。即便偶爾捕捉到他的身影，對方也總是抱著一堆資料，不知道在苦讀鑽研什麼，東湛根本沒機會可以跟他說上幾句話。

然後在第五天的時候——

上官申灼主動現身在東湛的面前。不知道是不是錯覺，眼瞼下方隱約帶著青黑色的陰影，整個人看上去憔悴了幾分。儘管如此，仍掩飾不了他平時帥氣的形象。

果然是底子好的緣故，東湛不禁暗暗感嘆，「這幾天你都去哪了啊？」

「工作。」這當然是實情。

「除了工作之外呢？」

「你上次說的能力，我想，我知道那是什麼了。」

「上次？」東湛稍微思考一下，眉毛訝異地挑了起來，「你是說我的那個能力嗎？那到底是什麼，還有你是從哪裡得知的啊？」

「陰間有個專門收藏從盤古開天至今所有古籍的書庫。我花上好幾天，研究各種古籍，終於查到了。」

原來上官申灼那幾天不是刻意避而不見，而是為了他拚命努力著。

「所以，那到底是什麼？」東湛緊緊盯著上官申灼的神情，不自覺地臉湊得離對方很近，鼻尖都要撞在一起了。

「太近了。」上官申灼不客氣地把東湛放大數十倍的臉給推開，「你聽了可不要大驚小怪，你有複製靈魂的能力……」

「咦咦咦咦咦咦！」沒等對方把話說完，東湛立即驚乍地喊叫出聲。

說實話，因為上官申灼本身是沒什麼情緒的人，所以某人滿到溢出來的激烈反應，讓他有些不適應。

「複製靈魂是什麼意思？」驚愕過後，東湛迫不急待想要理解這四個字的涵義，「會不會有什麼後遺症？」

「……不知道還表現出那麼震驚的樣子。」上官申灼輕微吐出一口氣，然後緩緩地解釋起來。

「這個能力很少見，能夠藉由肢體接觸，窺探到靈魂的內在。甚至可以以自己為媒介，開啟靈魂的夢境。從字面上的意思來看，應該是讓自己的靈魂與他人靈魂波長達到同步，繼而產生複製的效果。」

「聽起來是很稀有的能力啊……」東湛思忖。

「是很罕見，我在陰間上百年沒見過這樣的能力。」

「但我怎麼可能平白無故就獲得這種能力？」

除了長得很帥，又是個優質好青年，他東湛不過是個普通的人類。好吧，換作陰間的說法就是，普通的靈魂。

「還記得若輕嗎？」

「你是說那個水鬼男孩嗎？他不是跟妹妹投胎轉世去了。」

發生在他跟妹妹身上的事令人唏噓不已，東湛只希望他們能輪迴轉世能找個好人家。真要說的話，沒有任何人欠他們兄妹什麼，但這個世界的確是欠他們一個平凡的人生。

「或許是他附身在你身體的期間，影響了你的體質。」上官申灼猜測道。

「影響？」東湛問。

「本來與亡者交換靈魂就屬罕見的情況。而你又是在陰時出生的人，這有可能不只是巧合，或許你注定擁有這個能力。」

「難道，上官申灼你的意思是——」東湛戲劇化地倒抽一口氣，「我是天選之人嗎？哈哈哈，別這麼誇我，即便是真的，還是會不好意思啦！」

「……我沒那麼說吧。」看到東湛又一個勁自說自話，上官申灼無言以對。

「哎呀，就老實大方地讚美我有什麼關係，你跟我又不是那種客套的關係。」

東湛本來就是那種自戀的人，上官申灼的話無疑助長了他的氣焰。現在他相信，未來陰間絕對是他大展身手的舞臺。

「不然是什麼關係？」其實上官申灼也不是特別想知道，只是隨口問問。

「你想知道嗎？」東湛再度逼近。

上官申灼忽然感到有些後悔，他趕緊離退開與東湛保持距離。

他臨走前拋下一句，「我會將你的狀況如實上告總隊長，由總隊長決定你的去留，或許——」語末，頓了頓。

「或許怎樣？」

「或許你日後可以留在警備隊。」然後，上官申灼頭也不回就走了。

東湛突然發覺，真正讓他想留在刑務警備隊的理由，上官申灼必然是原因之一。

在東湛身上發生的特殊情況很快地就傳到總隊長耳中，不意外地東湛又再度被召見了。但這次是直接被叫到總隊長的辦公室去，也不見其他隊長的影子。

只有他跟總隊長相處的空間，莫名讓人產生強烈的壓迫感。

「我已經大致上了解了在你身上發生的事。」

「所以，這是通過徵選的意思嗎……」東湛弱弱地低聲詢問。

「還沒呢，別急、別急。」莫槿舉起一手要他稍安勿躁，停頓片刻才又說，「那就不拐彎抹角，直說了。」

「嗯？」

「我們警備隊向來不收廢物。」莫槿說這句話的當下面帶笑意，因此帶給東湛的震撼不是普通的大，這擺明不就是在給他下馬威嗎？

東湛見狀很快地慌了，「總隊長的意思是我是廢物嗎……」

他自然而然戲劇化地語帶哽咽，他都要委屈地哭了！他才不是廢物，就算是廢物，還是有利用價值啊。他猶豫著不知道該不該問總隊長，他是屬於可回收的還是不可回收的廢物……

「但我想要做個實驗。」總隊長莫槿沒有正面回答東湛的疑問，「我想看看你的能力範圍到哪裡。只要通過我出的考題，就讓你通過這次徵選，你可以如願加入警備隊。」

聽起來是個不錯的提案。

「這個考題跟墨良徹昏迷不醒有關係嗎……」

「你很聰明！」小倉鼠探出莫槿的口袋，發出像是讚賞的吱吱聲。

「你擁有複製靈魂的能力，可以窺探他人的靈魂。墨良徹之所以醒不過來，恐怕就是困在前世所編織而成的夢境。只要瞭解將他困住的心魔是什麼，或就有救了。」莫槿進一步說明考題。

「那我應該怎麼做呢？」

「以自己為媒介，作為入夢的橋梁開啟夢境。詳細方法我想上官申灼會在之後告訴你。」

「不行，我不同意！」

東湛和上官申灼來到墨良徹的房間，如實告知墨久亦他們接下來的做法時，卻遭到強烈反對。

「阿徹不應該用這種方式回憶起前世！那會摧毀現在的阿徹。」哥哥莫名抗拒這可能會讓弟弟想起前世的喚醒手段。

「你是不是還記得前世的事情……？」不知為何，東湛忽然有此疑問，但墨久亦只是撇過頭，沒有回答。

最後還是由上官申灼代為發話，「那是不可能的。進入警備隊之前，我們都會被洗去上一世的記憶，沒有人還完整保留前世的記憶，沒有例外。」

「難道就沒有其他辦法了嗎……」墨久亦還是堅持應該另尋他法，而不是用如此冒險的作法強行弟弟的進入夢境。

「隊長，你應該知道，我們在陽世都是犯下罪孽的人。阿徹一定也很痛苦，才會被困在前世編織出來的夢境遲遲無法離開。你這樣等同於是強迫他想起不愉快的前世！」墨久亦的語氣有些咄咄逼人。

「靈魂長期被困在心魔的牢籠裡，遲早會導致永久性的損害，其結果不會是大家所樂見的。亦，我們已經沒有退路了。」

即便明白隊長所說的道理，墨久亦卻倨傲地不想理解，沒有給出任何回應。

「這是唯一的辦法，希望你能夠助我們一臂之力……」

「無論如何，隊長都打算這麼做不是嗎？那為什麼還來過問我的意見！」

那雙總是沉靜的眼眸，此刻竟帶有一絲敵意，冷冷地望著自家隊長。

「因為你是第三分隊的隊員，也是阿徹的哥哥。於情於理，我都希望取得你的諒解。」

「我明白了！」墨久亦面無表情截斷上官申灼的話。

「我會找出其他的辦法，不會讓阿徹就這麼昏迷。我就不相信，天底下沒有別的辦法可解！」語落他便毅然決然地轉身，踏著沉重的步伐離去，留下面面相覷的兩人。

東湛和上官申灼陷入有些難堪的沉默。

「他不會有事吧？」東湛擔憂地望著墨久亦離去的方向。

「我相信亦，不會有事的。」上官申灼卻一副老神在在的樣子，「我們開始吧。」

「呃，好。」東湛跟著上官申灼來到墨良徹的床塌前，「接下來我應該怎麼做？」

「握住阿徹的手，集中注意力，試著讓靈魂的波長同步，然後你應該就自然知道怎麼做了。」上官申灼讓他照著步驟來，最後投以相信的眸光。

東湛猶疑地上前一步，握住墨良徹有些虛軟無力的手。他依循著剛才的指示，集中注意力冥想，然而全身都在顫抖，內心也呈現極度不安定的狀態。

他很害怕，害怕結果不是所有人期望的。東湛一直以來都極度害怕他人擅自期待又擅自失望的表情，越是想做好每一件事，到頭來其他人還是對自己的期望落空……他根本無法成為別人想像中的那種人。

「東湛！」見對方思緒越漸混亂，上官申灼厲聲喚了他的名字。

東湛倏地將眼睛張開，一副驚魂未定的模樣。待焦慮消褪過後，才張口，「對不起，明明你說要集中精神，我卻……」

你明白嗎？我只是過於害怕失敗。但他還是沒能將這句話完整說出。

「我們再來一次吧。」上官申灼搖了搖頭，並不介意他剛才的失態。

「無論需要花上多久的時間，我都會等你的，慢慢來。」

有了上官申灼這句話，東湛忽然覺得心中一顆大石被卸下了。或許他並不是那麼害怕失敗，只是需要有人站在他的角度，以平等的立場同理他的處境罷了。

他似乎又被賦予了勇氣。

東湛再次集中注意力，試著讓靈魂的波長同步。

然後，他看到了開啟夢境的那把鑰匙，成功將通往夢境的那道門打開了。

他瞬間失去了意識，此刻他的主觀意識已經留在了墨良徹的夢境裡。

在上官申灼的視線裡，東湛緊緊握著墨良徹的手，一動也不動地維持站立的姿態，雙目緊閉，身體微微流淌著光一般的絲線。他知道已經是時候了，作為媒介的東湛，現在不只是開啟夢境的鑰匙，更是通往該地的橋梁。

上官申灼輕輕伸出手碰觸東湛，透過東湛這個媒介，他的靈魂在傾刻間被轉移至墨良徹的夢境裡。

東湛是作為開啟那道門的重要鑰匙，只有意識進入墨良徹的夢裡，而上官申灼並沒有這種能力，是將靈魂整個引入。

換言之，如果在夢境裡遭到什麼意料之外的攻擊，他可能就會被迫永遠留在不屬於他的世界，一遍又一遍看著重複的夢境上演……

夢境內，上官申灼身處某一處的住宅區。

四周都是低矮的平房，圍繞著蕭條的氣息，可以看出居住在這裡的都是些經濟情況不太好的人。牆壁上有畫到一半的斑駁塗鴉，鐵門上也淨是鏽斑。

然而視線所及之處半個人都沒有。這也是理所當然的，這是墨良徹的夢境，但所謂的夢境卻是由前世的現實編織而成的。

環境跟現今的陽世有些相似，但時間點可能還要再足足往前推個數十年，那時候智慧型手機等高科技產品也尚未誕生。

這裡是墨良徹的前世，是他曾經經歷過的其中一世。

「上官申灼，這邊！」

不遠處傳來東湛遙遠的呼喊聲，他站在遠方一棟門外種有桂花樹的平房外。

上官申灼來到東湛身邊，東湛示意他從窗戶往屋裡看。

低矮的房屋內坐著兩名青年，他們的五官容貌有些神似，可能是兄弟。但沒有其他家人的樣子，整棟屋子就只有兄弟兩人。

他們進入了由墨良徹前世編織而成的夢境，以旁觀者的角度觀看事情的發展。他們無法干涉既有的記憶，只能靜觀其變，這些都是已經發生的事情，在所謂的歷史上留下了不輕不重的一撇。

兄弟倆所在的房屋內只有簡單的家具，雖不到家徒四壁的地步，但也看得出來生活有些困苦。

其中一名男性只顧著在桌上的白紙盡情塗鴉，無論身邊的人跟他說什麼都恍若未聞。另一個人似乎放棄溝通，逕自走到廚房煮起食物，片刻後拿了兩碗香噴噴的麵來客廳，一碗給另一人，一碗自己享用。

對方還是自顧自地畫畫，完全沉浸在自己的世界。

情況似乎有些不對勁。

另一個人見狀，彷彿早就習以為常，只是是嘆了口氣說道，「哥，別再畫了，再不吃的話麵就要涼了。聽話，好嗎？」並拿走青年的畫，把碗推到對方面前。

被拿走畫的青年目光卻仍緊緊黏在畫上，發出意義不明的聲音，然後眉頭緊皺，握緊拳頭作勢想要生氣。

「不行喔，你忘記老師說過的話了嗎？」弟弟在哥哥準備大發脾氣之前，先一步出聲制止，「好孩子是不可以動不動就生氣的，你想要當好孩子還是壞孩子，記得老師說過什麼嗎？」

哥哥怔愣了片刻，才緩緩張嘴吐出僵硬的話語，「要聽老師的話……」

「不聽話，下次就不能畫畫了，你想要這樣嗎？」

「不想……」

「很好，把麵吃完才能再畫喔。」

青年順從地點點頭，拿起叉子，肢體不怎麼協調地吃起碗裡的麵條。

這畫面有些怪異。兩名男性都已屆成年，弟弟卻要用哄孩子般的語氣跟哥哥說話。而哥哥像是大人的身體裡裝成小孩子的靈魂，很多事情其實他都懂，卻很難用正常人的邏輯表達出來。

擱在一旁的畫雖然只是塗鴉，但已經遠遠超過一般人隨筆畫畫的程度，構圖跟色彩運用都非同一般，極具天分。

終於安撫好哥哥，弟弟又嘆了口氣，這口氣中包含著無奈。

他的目光移向牆上的全家福，自言自語般喃喃起來，「這樣的日子要持續到什麼時候啊……」

抱怨歸抱怨，但其實弟弟非常努力，可以看出來他把哥哥照顧得很好。兄弟倆都很努力在世界的夾縫裡求生存。

此時東湛和上官申灼已經從屋外移步到屋內。這是前世的夢境，身為第三者的他們在旁觀看著早已經發生的事情，基本上不會有任何影響。

「嗚嗚嗚嗚嗚嗚。」東湛在忍耐不要哭出聲，但斗大的淚珠跟嗚咽已經出賣了他。

「你是在學火車的鳴笛聲嗎？」

「……再怎樣都看得出來我在哭好不好。」

「為什麼要哭？」上官申灼仍然一副無動於衷的模樣。

「看看這兄弟倆深厚的情感，多麼感人啊。你的心是鐵做的嗎，笨蛋上官申灼！」

「我沒有心。」上官申灼面不改色的回應，「起碼……死人不會擁有像活人那樣的心。」

「咦？不過你這人還真奇怪，真的都沒有任何反應嗎？」

「那是因為你只看得到事情的表面。如果他們真像你所說的那樣幸福的話，我們就不會進來這裡了。別忘記這裡是阿徹的夢境，是困住他的地方。」

「唔……」東湛竟然無話可反駁。

「接下來應該很快就會進入重頭戲，幸福這種東西本來就是難以捉摸的……」

上官申灼眼神閃爍，若有所思地沉下臉色。

めんじゅうふくはい

陽奉陰違

第六章

撼動

MENJUUFUKUHAI

夢境裡時間流逝的速度相當快，有時候一整天在東湛他們看來只有十幾分鐘而已，彷彿有人按著快轉鍵，要快速地轉到事情發生的那一天。

這段期間，東湛和上官申灼一直寸步不離跟在兄弟身旁。但兄弟倆並非總是黏在一起，所以他們會分頭跟著兄弟其中一人，深怕錯過什麼細節。

仔細看其實兄弟倆長得沒那麼相似，或許是各自遺傳了父母不同的特徵。

哥哥的身形比較高大，濃眉大眼，生性靦腆害羞，微笑時會帶出臉頰上的酒窩。而弟弟容貌俊朗，身形略為瘦小，不知是不是經歷許多事的緣故，眼神有著經過歷練的沉穩，更準確來說是種滄桑感，眉宇間總是環繞著憂愁的氣質。

弟弟每天會先送哥哥去特殊教育機構再去上班，下班後再去接哥哥回家，這樣日復一日，幾乎沒什麼改變。

唯一的改變只有弟弟的工作。他沒有學歷，高中還沒畢業就提前進入職場工作，只能做需要體力的勞力活，在謀職的過程中自然碰到不少苦頭和挫折。

時間久了，弟弟也越來越消極，覺得日子實在苦悶。

他們的經濟狀況不好，雖然能夠勉強過活，但生活品質實在算不上好。而弟弟又是家裡唯一的經濟來源，他快要被成天追著錢跑的重擔給壓垮了。

時間久了，弟弟對哥哥難免有些不耐，口出惡言是常有的事，情況不佳的時候甚至還會出手打人。而哥哥也只能默默承受，雖然痛苦，但唯有畫畫才能稍稍救贖他脆弱的心靈。

「不要再畫了！」紙張的撕裂聲響起。

這一天，弟弟因為在工作出了一點錯被扣薪水，回到家便把長期累積下來的不滿宣洩在哥哥身上，他自己也知道這樣不對，但就是難以抑制。怒氣就像洪水般傾瀉而出，一發不可收拾。

哥哥隨即拿出一張全新的白紙，但下一秒又被弟弟撕碎，「你沒聽到嗎，我叫你不要再畫了！

「我是弟弟耶，憑什麼身為弟弟的我要照顧哥哥啊！不是你應該要照顧我嗎，為什麼你這麼沒用？當初就不該出生在這個家！」

弟弟說的其實通通都是氣話，他相當痛恨這樣的自己，憎恨這樣的人生。他有時很羨慕哥哥能夠這樣怡然自得活在自己的世界，被保護得好好的。

「我真的很厭倦要一直照顧者你！」弟弟嘶吼完後，頭也不回就把房門反鎖，待在房間裡生悶氣。他也需要被人照顧，想被人關懷啊……

哥哥見狀只是拿起畫筆，繼續在新的白紙上作畫。筆觸可以看得出來比平時還要急躁，線條也有些凌亂。當他安靜在畫畫時，一顆淚珠毫無預警地自眼眶中滾落，然後又是一顆，直到紙張印滿了大小不一的水漬。

他雖然對弟弟的責備不是很能理解，但也能感受到負面的情緒，只是他不知道該怎麼用言語表達，哭泣是唯一能夠選擇的本能反應。

今天哥哥如往常去上課，教育機構的老師會讓學生們學習新的事物，也會讓他們畫畫。

今天由上官申灼跟著弟弟，東湛在旁看著認真上課的哥哥。他有預感就快了，有什麼大事即將發生。

不過哥哥今天沒有畫畫，而是拿著布偶跑去跟「朋友」玩，不過在旁人看來他只是一個人對著空氣在自言自語罷了。

這樣的情況是在不久前出現的，哥哥的世界裡突然出現了個假想中的朋友。

東湛不免有些好奇，如果假想的朋友有天成為現實的話，不知道會是怎樣的人。才這麼想的時候，哥哥手中的布偶忽然滾了過來，東湛下意識想要去撿，腰才彎了一半，驀然想起這裡不是現實世界，理所當然碰觸不到吧……

哥哥走了過來，但沒有馬上撿起布偶，而是衝著他笑。東湛反射性回以一笑，才驚覺不對勁，他趕緊四處察看，但周遭空無一人，所以哥哥是在對著他笑嗎？

哥哥撿起布偶，拍了拍布偶上的灰塵，然後不由分說地塞給東湛。後者愣愣地接下，手上傳來的是貨真價實絨毛玩偶的觸感。

東湛看看布偶，再看看依然盯著他猛瞧的哥哥，顫聲問，「你、你看得到我嗎？」

哥哥給出簡潔明瞭的回覆，「朋友！」

所謂假想中的朋友其實就是他嗎？但到底是為什麼啊啊啊！東湛不禁抱頭。

在弟弟接哥哥返家的途中，東湛立即將這不可思議的情況回報給上官申灼，但得到的卻是斬釘截鐵的否定，「我們只是過客，不可能干預更無法直接碰觸實體。」

「那這又是怎麼回事，他竟然可以看得到我，我又為什麼可以觸碰到本該是夢境的事物？」東湛顯得有些混亂。

「你確定不是錯覺？」上官申灼擺明不相信。

「我說的都是真的！不信等等回家以後，我就讓你看看是怎麼回事！」

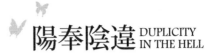

東湛的口吻有些賭氣的意味，其實他自己也還在懷疑到底是不是錯覺。不管了，反正待回到家真相就會明朗了。

回家後弟弟去廚房準備晚餐，哥哥則在客廳專心地在畫畫。東湛選擇在這時候靠近，但哥哥像是沒察覺有人靠近，一點反應都沒有。

直到東湛一聲，「我們來玩好不好。」

哥哥立即抬起頭來，點點頭燦爛地笑著說，「來玩！」

「怎麼可能……」上官申灼見狀很是驚訝，照理來說應該不可能會有這種事才對。

哥哥跑去從客廳角落的箱子裡拿出一顆皮球，跟東湛玩起拋接球的遊戲，弟弟忙著煮飯完全沒察覺。而上官申灼看著他們一來一往的互動，不知該作何反應。

這時皮球丟歪了，直直朝上官申灼飛去，他還沒收出手球便穿透了過去。哥哥跑去撿球時，看也沒看他一眼。

上官申灼不禁瞳孔震顫，霎時領悟到更加令人不知所措的事實。只有東湛才能被看見，也只有他才有資格碰觸夢境裡的事物，而他依然被排除在外。

弟弟雖然察覺到哥哥對空氣說話的情況，不過只是放任這樣的情況發生。因為哥哥的世界裡向來沒有他的存在，可能是有點嫉妒吧。

「煩死人了！」有一次弟弟洩憤似地朝哥哥大喊，而哥哥依然恍若未聞跟假想中的朋友對話。

弟弟罵歸罵，最近他沒什麼心思放在哥哥身上。夜裡，他總是鬼鬼祟祟地躲在房間裡講電話，即便在客廳放聲說話，也不會有人說什麼，不知道他有什麼顧慮。

「弟弟不會是談戀愛了吧？也是，他這年紀正是年輕氣盛啊。」弟弟異常的行徑東湛也看在眼底，「不過要是結婚的話，哥哥怎麼辦？不知道弟媳會不會接受哥哥，希望是個善良的人。」

上官申灼聽了差點白眼都要翻到後腦勺，直接潑他一盆冷水，「談戀愛會擺出這種表情嗎？」

東湛又看了看弟弟一言不發聽著電話另一端的凝重表情，「你談過戀愛嗎？你談戀愛時候不是這樣子，沒準別人就是那樣啊。」

「說得你好像戀愛經驗豐富，偶像不是不能隨便公開戀情嗎？」

「哼哼，我根本不需要談戀愛，我就是大家心目中的戀愛對象。」

東湛再度自戀了一回。其實他根本沒談過戀愛，只是打腫臉充胖子而已。

「錢跟銀樓，這兩個詞不是一般人談戀愛時會談論的。」上官申灼聽力靈敏地捕捉到弟弟通話中斷斷續續的回應。

「決定要去銀樓挑戒指了嗎，這進展也太快了吧！」東湛依然完全在狀況外。

上官申灼選擇無視東湛，專注聆聽事態的發展。弟弟握著電話的手有些顫抖，臉色也越發蒼白，無論電話那頭的人講了些什麼，都不會是什麼好事。

弟弟的心底恐怕也有個底了，切斷通話後他坐在床沿，心煩意亂地抓亂頭髮，喃喃自語，「真的一定得這麼做嗎……已經沒有退路了，我需要錢……」

「看吧，為了買結婚戒指，弟弟開始為錢煩惱了。」東湛總是在不合時宜的時候插話進來。

「你不要說話。」上官申灼看了他一眼，彎起小腿迅雷不急掩耳朝東湛踢了一腳。

東湛冷不妨挨了一記，來不及發出嗚咽聲，就先身子不穩朝一旁跌了個四腳朝天。幸好他們是在別人的夢境裡，除了上官申灼以外沒有人會看到他的糗樣。

「……上官申灼，」良久，東湛哀怨的聲音才幽幽地傳來，「你給我記住！」

「我從不記沒必要記住的事情。」

「不管啦，給我記住、記住就對了！」

上官申灼暗自覺得有些好笑，看了看時間，「差不多要到明天了。」

在這個夢境編織而成的世界待上一陣子，他已經漸漸摸清時間流逝的運轉模式。

牆上月曆顯示的時間已經快轉到一個月後，像是有人在背後操控，只讓他們目睹重要的片段。

「湛湛，你在哪裡？」哥哥的聲音從客廳傳來。

東湛聽了只覺得後頸汗毛一豎，下意識就想要找個地方躲起來。

「湛湛？」上官申灼不禁感到困惑，目光移向已經整個人縮成球狀的東湛。

「那是他自做主張幫我取的暱稱。不說這個了，哥哥的體力為什麼那麼好？」片刻後，響起東湛委屈的聲音，「我已經陪他玩拋接球遊戲大概一個小時了，而且這段期間一次都沒有中斷過！」

「這麼說起來，今天的時間似乎過得特別漫長……」上官申灼只在意這個。

「行行好，可不可以換你接手陪玩的工作？」東湛雙手掩面，不想要面對現實。

「不行，他看不到我。」上官申灼搖搖頭，不打算對同伴伸出援手。這時候的他已經另有打算，「我碰不到這個夢境中的任何物品，換句話說，這項任務只有你才可以勝任，湛湛。」

「……怎麼這樣啊。」東湛耍起賴來，不想要承擔這個責任，但忽然意識到什麼，驀地抬起頭來，眼睛睜得不能再大，「你剛剛叫我什麼？」

「快、去。」上官申灼只是面覆寒氣，放慢語速並加重口氣，吐出帶有命令意味的兩個字。

「我馬上、立刻就去！」東湛像是從上官申灼的眼神接收到什麼殺人般的訊號，不敢違抗，立即乖乖照辦。

他很快地從地上爬起，並在三秒內主動消失於對方的視線中，離開房間。

弟弟又在神祕兮兮地講起電話，他已經拿出紙跟筆，草草地記錄下什麼，看似正在規劃某種不可明說的計畫。

趁著東湛在陪哥哥玩時，上官申灼來到弟弟的身旁，仔細觀察起對方的一舉一動。他貼得離弟弟非常近，兩者間的距離近得可以隱約聽見電話另一端傳來的人聲，是個男人的聲音。

如果他沒猜錯的話，他們似乎是在策畫一起犯罪行為，至於理由跟動機，也已經呼之欲出了。

要使一個人不顧一切涉險犯案，動機沒那麼複雜。光是為了錢，就能夠鼓動一群人挑戰法律規範。有些人為了生存，甚至只是為了有錢能活下去，即便背負多少後果都在所不惜。

電話通話終於結束了。弟弟長長地吐出一口氣，但並沒有因此放鬆下來，盯著紙上的地址跟路線圖久久無法移開。接著他像是終於下了決心，沒有猶豫地起身，走出房門。

他並沒有把紙收起來，大概是想著反正除了他之外家裡也沒人看得懂，就大膽地扔在原位了吧。

上官申灼立即湊近，細看紙上的文字及簡圖。果不其然的正如他所料，如果沒搞錯的話，這應該是一起搶案的計謀。

他想要看得更加詳細，但手只是直直穿透過物體，無法將紙張翻面。

果然他無法碰觸到存在於這個夢境中的任何實物。那麼，發生在東湛身上的現象又是怎麼一回事？

「東湛，到底是什麼人？」

或許東湛的能力不僅僅只是複製靈魂，可以引人入夢這麼簡單。照現在的情況發展下去的話，他會不會甚至具備有影響這個夢境的能力？

上官申灼喃喃低語完沒多久，屋外的日光便筆直照射進來。今天似乎就是兄弟倆命運的轉捩點，關乎他們往後的命運。

上官申灼立即將自己的發現分享給東湛。

東湛花了點時間消化情報，然後面色瞬間一片鐵青。幸虧他總是習慣性維護自身的形象，很快便鎮定下來，「上官申灼，你的意思是弟弟要去搶銀行？這是犯罪吧！」

「不是銀行，貌似是一家銀樓。」上官申灼冷靜地訂正。

「管他是銀行還是銀樓，要是弟弟因此變成通緝犯的話，事情不就一發不可收拾了嗎！等等，所以說困住墨良徹的心魔指的就是這個？」

東湛突然理出頭緒，恍然大悟這起搶案可能就是解救墨良徹的關鍵。

「還不能肯定，但的確有相當大的可能。正是因為如此，我們必須阻止這場劫案。」

「怎麼阻止啊……這裡是前世構築而成的夢境，也就是早已經發生過的事情不是嗎？」

「歷史的軌跡早已注定，任誰也無法撼動，但我們可以讓整件事情的傷害減到最小。」

「你是不是有辦法了？」東湛眼睛登時一亮。他果然沒看錯人，關鍵時刻上官申灼就是特別靠得住。

「他們今天下午五點會行動。你在那之前先帶著哥哥到那家銀樓附近埋伏，或許弟弟看到哥哥出現，就會打消搶銀樓的念頭了。」

「我知道了，你是想利用親情感化對方對吧？我知道，警匪劇也很愛用這個套路！」

雖然是老梗，但東湛每次轉臺看到警匪劇上演親情感化的劇情時，還是會看到一把鼻涕一把眼淚。沒辦法，他就是很吃這種老派親情倫理設定。

「詳細地址就寫在房間裡那張便條紙上。無論如何，你要想辦法在搶案發生的時間前，帶著哥哥出現。」

「我知道該怎麼做了。」東湛不想無謂地擔心太多，現下也只能專注於上官申灼分配給自己的任務，他決定等到之後再來煩惱其他問題。

這天弟弟將哥哥送去特殊教育機構，讓專業人員接手後，並沒有如往常去公司上班，而是搭乘大眾運輸工具來到一處民宅。

其實這一陣子以來，弟弟下班後都跟一群狐群狗黨混在一起，之後才會去接哥哥一同回家。

今天輪到上官申灼跟著觀察弟弟，他雖然能夠大概預想到接下來會發生什麼事，卻無法加以干涉。因為這些早已都成為歷史的一部分，只是墨良徹的夢境，沒有任何人可以推翻。

民宅內已經有一群人圍在張簡陋的桌子前，似乎在等待弟弟的到來。

「你來了啊！」其中一個看起來就不像正派人士的混混，揮揮手向他打招呼。

這些所謂的朋友，一看就都是在非常態社會混得很開的狠角色，只能一同享樂，卻不能深交。

弟弟僵硬地向他們點了個頭。

「想好了嗎？」

那人接著說話，「我們都是為了你啊，等幹完這票，你也可以分到不少錢。我已經跟店裡的人串通好了，一小時後老闆會出門談生意，我們就要趁這時候大撈一筆。逃跑的路線也規畫好了，保證萬無一失！」

「那之後呢？」弟弟仍顯得有些猶豫。

「錢到手之後，就先避避風頭，我們找到藏身處安身後會再聯絡你。」

「可是……」他還有家人要顧啊。

「你不是說急需用錢嗎？這是唯一的辦法。要還是不要，一句話！」

沒錯，起因在他。他真的很需要錢，還有哥哥得照顧，現在他們家就只能靠自己了，所以只能這麼做。

「要！」弟弟下定了決心。此話一出，他已經沒有退路可以走了。

「很好，」對方滿意地笑了，「我們決定要在下午五點去搜刮銀樓所有值錢的物品，先準備好啊。」

所有人都像是按照規劃好的劇本，按部就班地開始行動。

上官申灼擔心的事情最終還是發生了。

同一時間，哥哥在完成老師交代他們這些孩子做的功課後，一如往常開始畫畫。

今天哥哥假想中的朋友也在，就是東湛。老師不會特別去干擾哥哥，因為她知道只要朋友在，哥哥就會變得特別乖巧。

「我想畫一張圖給弟弟。」哥哥打算送給弟弟一幅畫。

「喔，好啊。」東湛顯得有些魂不守舍，時不時就盯著牆上的時鐘看。現在才下午三點半，快要到放學的時間了。

「你為什麼要畫圖給弟弟啊？」東湛隨口一問。

「嘿嘿，祕密。」哥哥語帶保留，畫得更加起勁了。

東湛打了個呵欠，照理說他已經變成魂體，應該不會有任何疲累的反應。自從進入夢境裡似乎過了很長一段時間，每天就只是看著沒什麼變化的日常，老實說倒有些疲乏了。

不過檀曾說過，即便是陰間的居民，也會將生前的需求保留了下來。大概是因此他現在超想躺在柔軟的大床上，什麼都不做，好好休息片刻啊！

看著哥哥專注在畫畫的模樣，東湛忽然冒出了個想法。

既然這是弟弟前世的夢境，墨良徹又說過他們是有血緣關係的親兄弟，換句話說，這便是兄弟倆的前世。那現在正在畫畫的哥哥就是墨久亦，而弟弟自然是墨良徹囉？

想不到前世的弟弟個性就已經那麼暴躁，就連自家哥哥也不放過，實在很難將這個人跟凡事聽命於哥哥的兄控墨良徹聯想在一起。會不會搞錯了什麼，其實這個夢境根本不是他的前世？起碼不會是同一個墨良徹。

「是就連朋友也不能說的祕密嗎？」

哥哥歪頭，認真地思考了一下，又繼續動筆畫畫，「是朋友的話就沒關係。」

「那是什麼祕密呢？」

「今天是弟弟的生日，生日就要有禮物！」

「生日？」若生日跟忌日是同一天的話……

呸呸呸，今天不會有任何傷亡發生。他絕不會讓兄弟倆就這麼分別的，東湛默默在心中起誓。

他忽然突發奇想，有了個新點子。

東湛告訴哥哥，「生日的話，只有一張圖是不夠的。」

「那還要什麼……」哥哥覺得困惑。

「還要蛋糕啊，等等放學我帶你去買蛋糕好不好？」

「可是……老師說買東西需要錢，我沒有……」

「不用擔心，你的朋友我有錢啊。你有聽過『出外就是要靠朋友』這句話嗎？你大可倚靠我沒有關係！」

「嗯，朋友真的很可靠！」哥哥雖然不明所以，還是大力點頭附和朋友的話。

東湛心頭湧現了強烈的罪惡感，但只有一瞬間，他使勁晃了晃頭，驅散這樣的想法。這是善意的謊言，他必須要達成任務，阻止搶案發生。沒錯，就是這個樣子……

今天很快就來到尾聲，已經下午四點多了。

距離事發只剩不到一小時的時間，要行動就只有現在了。趁著老師忙著應付前來接小孩放學的家長，東湛連忙帶著哥哥來到校門口，牽起他的手。

「不是說好要買蛋糕的嗎，我們快走吧！」

「好。」哥哥不疑有他就一口答應。

東湛依然不確定自己這樣的行為到底是不是正確的。

哥哥基本上很聽他的話，但除此之外就是個不受控的孩子。離開學校後，他彷彿脫韁野馬上身，一路上橫衝直撞。

哥哥隨心所欲的走法，讓東湛看了不禁要捏把冷汗，可是事到如今，也不可能撒手不管。才剛這麼想完，他就親眼目睹哥哥無視他的指令，往錯誤的道路前進。

「不是那條，走錯路了！快點回來，現在也許還來得及！唉……」

無論東湛怎麼又喊又叫，仍是喚不回哥哥。

看起來什麼都不能動搖哥哥堅持走那條路的決心，東湛無奈之餘，只能趕緊跟上去，如果可以在途中說服他改變路線就好了。

「……天啊，不會是這時候就要出事了吧，小心車！」

一臺摩托車從旁疾駛而過，只差一點點就要撞上哥哥了，但哥哥的膽量不是普通大，就是所謂的初生之犢不畏虎嗎？跟隨在後的東湛嚇得心臟都快停了，雖然本來也沒在跳動。

哥哥只是繼續往前走，有時候穿過屋宅後方的狹窄巷弄，有時候直接走在車水馬龍的車道旁，在東湛看來就像是毫無規律的亂走一通。

路上好幾次哥哥都差點被車撞到，但總是能驚險避過，不曉得這該不該當作他運氣好到不可思議，最後總能安全脫身。

但這一路上這可苦了東湛，他不知倉皇失措下意識地摸了多少次沒有反應的胸口。如果還活著的話，他應該已經嚇到血壓飆升了。

然而哥哥卻在走經一處攤販時止步了。這倒是挺稀奇的，是什麼能讓只顧著一路往前猛衝的人終於慢下步伐呢？

東湛湊近一看，原來是販賣食物的攤販，哥哥可能是肚子餓了。但現在可不是逗留在這裡的時候，眼看就快趕不上五點前必須到達約定地點的時限。

「我們趕快走吧，就快到麵包店了。我們不是說好要買蛋糕送給弟弟嗎？」東湛趕緊出聲催促。兩人已經耗了不少時間，哥哥雖然毫不受控，但意外的他們所在位置距離那家銀樓，只剩一個街口的距離了。

「唔……」哥哥難得抗拒了東湛的話，堅持不肯往前走，目光緊緊黏著攤販不願離開。

「你不想送弟弟生日禮物了嗎？」東湛好說歹說，各種哄騙手段都用上了，還是不見其效。不知怎麼回事，哥哥就是異常堅持要留在這裡。

「想吃……」哥哥的目光有一瞬間回到東湛身上，卻又再度移回那處攤販。時間一分一秒逼近，這下東湛急得不能再忍了。

他決定軟的不行直接來硬的，一把拉住哥哥得手臂，緩緩地一點點拖著哥哥前行。就算是為了解決這次墨良徹心魔的事端，他也要死命順利抵達事發現場。

哥哥卻還是死命抵抗掙脫，不想邁開半步。看樣子，只能使出殺手鐧了。

東湛捧著哥哥的臉，將對方的視線直直面對自己。儘管就算他據實以告，對方也不見得能夠理解，他還是以無比認真的神色，告知這個殘酷的事實。

「你的弟弟要出事了，很可能會有生命危險。想要他活命，就快點跟我走！」

一聽到弟弟，哥哥的臉色瞬間白了，彷彿一下子清醒了不少。

他不再堅持吃東西，任由東湛拉著手疾步穿過街頭巷尾，往路口的另一端奔去。

同一時刻，弟弟正伙同友人，駕駛著廂型車來到預先探好的地點將車停妥。等時間一到，他們就會戴上只露出兩隻眼睛的頭套，並且手持槍械進去銀樓搶劫。

這些槍都是透過黑市購來的真貨，火力非同小可，只要稍不注意就有可能擦槍走火。第一次拿到真槍的弟弟不敢大意，而且他也沒有打前鋒衝進去的勇氣，只好選擇殿後跟在那些狐群狗黨後頭。

其實他心底還是存有些許猶豫，甚至盤算著萬一行動失敗，他可以丟下這些人自己逃走。

反正這些人也是這麼想的吧。說是為了他，但其實根本連朋友都稱不上，只是一群想要趁火打劫的烏合之眾。

「別動，把值錢的東西都交出來！」

領頭的人破門而入，喊出搶劫犯慣有的臺詞。

店員見狀果然不敢輕舉妄動。另一人熟練地打破玻璃櫥窗，開始搜刮那些金銀飾品，而第三個人則把歪主意動到收銀機上，命令店員把收銀機打開。

乍看之下像是店員迫於槍械的威脅，不得不從只得乖乖照辦，其實這名店員是他們的內應。也是因為有這個同伙，他們才能預先得知這個時間老闆不在店裡。

儘管搶劫的過程都被監視器拍下，但他們一干搶匪都有蒙面變裝，恐怕一時之間也難以確認身分。店員在旁人看來也只是個無辜的受害者，至少短時間內不會被發現是內鬼才對。等到警方循線上門捉人時，他們早就拿著錢遠走高飛。

這就是這群狐群狗黨擬定的計畫。

「可以了吧……再不走就會被發現的……」

弟弟被眼前一片狼藉嚇得傻傻地杵在原地，他開始後悔自己那麼魯莽便答應來攪這盆渾水。

「你不會這時候才害怕了吧？愣著幹嘛，快點幫忙啊！」

他的同伙只顧著搜刮值錢的物品，理所當然對他的忠告不屑一顧。弟弟只好拖著腳步，上前幫他們把戰利品通通裝入麻布袋內。

上官申灼一直在旁觀看整個搶劫的過程。儘管這些人被眼前的利益蒙蔽了雙眼，只想無端作惡……但如果困住阿徹的心魔就是這件事的話，他推斷接下來應該還會有更加糟糕的事態才對。

直覺告訴他，這些天來他們一直在等待的真相，應該都會在這一天內發生。

上官申灼轉頭看了看店門外，期盼能看到那兩人的身影，但始終遍尋不著那熟悉的人影。

這樁搶案已經朝越來越糟糕的方向發展，而他們寄望能夠挽回悲劇的關鍵人物，此刻卻還沒出現。再晚恐怕就來不及了……

他才思及此，眼前又有了新的突發狀況。搶匪一伙人忙著將贓物分裝入袋，沒料到從銀樓後門突然走進來一個有點年紀的女人，似乎是老闆娘的樣子。

「你們在幹什麼！」老闆娘看到店內被洗劫一空，心急如焚顧不得自己的安危，上前死命抓住其中一個搶匪不讓他走，同時尖叫要一旁的店員幫忙報警。

上官申灼看著眼前一片混亂，卻又束手無策。他突然驚訝地微微瞠圓了眼——他在弟弟的面相中看到了死氣。

面相出現死氣的人，通常都離死期不遠了。有可能是在半天後，也有可能是在下一秒發生，難道今天會死的人是弟弟……?!

被老闆娘抓住的恰巧就是弟弟。他想要掙脫擒抱，但一手拿著贓物一手握著槍，有些分身乏術，兩個人隨即扭打在一起。

對方雖然是女性，但有體型上的優勢，力氣也相當驚人。在扭打的過程中，弟弟的頭套被扯落，整張臉暴露在光天化日之下。他急忙推開老闆娘，不料手中的槍枝走火，差點擊中對方。

在老闆娘怔愣的期間，他隨即跟隨同伙趕緊逃出店外，跳上早在一旁待命的箱型車，準備盡速逃逸。

事情就是那麼湊巧，這一刻東湛剛好帶著哥哥出現在路口，撞見從銀樓出來的弟弟。

哥哥一看到弟弟的身影便猛力揮手，但對方似乎沒有注意到，於是沒有意識到情況緊迫的他，便一股腦地跑上前去。

東湛想要把人拉住，卻晚了一步。哥哥在看到弟弟那一刻，滿心歡喜地將一切都給拋諸腦後，一心就只想要讓弟弟看他畫的生日禮物。

哥哥直直衝向迎面疾駛而來的廂型車，弟弟更是在此刻才發現哥哥的存在。

東湛竭盡全力奔向前，想要攔住哥哥。然而彷彿就像是在嘲笑上官申灼與東湛想改變夢境的異想天開般，意外就在這一刻還是不可逆的降臨了。

「不要——！」

這句話同時自弟弟跟東湛的嘴裡脫口而出，上官申灼則是臉色鐵青地站在一旁。

接下來的畫面，像是帶有戲劇化效果，時間流逝的特別緩慢，宛如某人想要將這一幕深深烙印在腦海裡。

地上一灘血跡渲染開來，順著柏油路的紋理滲入地面，豔麗的彷彿開在地獄深處的彼岸花，連畫紙都無可避免被染上了鮮紅。

上官申灼雖然沒有親眼目睹過一大片彼岸花的震撼之美，但他知道那樣的絕美向來是孤獨且令人惋惜的，也代表著永遠的分離。

同時，覆在弟弟面上的死氣竟神奇地在一瞬間消失無蹤。

夢境突然有了變化，場景竟然突如其來地轉換了。

這是他們進入夢境以來，第一次感受到如此強烈的變化，連整個夢境所構築的世界都為之撼動。景物依舊，而人事已非。

弟弟和其他同伙一起藏匿在一間鄉間小屋裡。其他人正在開心地享受豐厚的戰利品，只有他一人沮喪地坐在沙發上，沉默不語。

他害死了哥哥，就算不是親手，哥哥也是因為他而死的。其中有一個同伙察覺到他的異狀，拍了拍他的肩，「你應該感到開心，只要躲過風頭，這些錢就都是我們的了！」

弟弟氣惱地揮開對方的手，站了起來，怒聲質問，「開心？應該開心什麼？你們難道一點罪惡感都沒有嗎，我們可是撞死一個人耶！」

「有罪惡感的話，我們就不會鋌而走險幹這一票啦，」那人嗤之以鼻冷哼了聲，「是那個人自己要站在那裡的，真要說的話也只是意外。怎麼，現在才想要當好人啊！」

「我、我跟你們才不一樣……」

弟弟說出這話的當下竟有點動搖。他無法堅定自己的立場，並且陷入深深的懊悔中。

「唉，事到如今還想說什麼大話嗎……總而言之，就照先前說好的，我們會把你那一份給你，然後就一拍兩散了。沒問題吧？」

對方那事不關己的口吻，讓弟弟緊緊地咬住下唇。

他很不甘心，到底自己為什麼會墮落至此，但歸根究柢根本是他咎由自取……

他還想再說什麼時，本來就開著的電視新聞，忽然臨時插播一則快訊。

下一秒傳來的是主播冷靜自持、咬字清晰，且不含任何私人情緒的專業播報聲。

今天下午約莫五點十分時候，市區某間銀樓發生搶案。嫌犯共有五人，持有槍枝逃亡中。報案人的老闆娘只受到輕傷，但嫌犯在逃亡途中駕車撞傷一名路過之男性。男性當場緊急送醫，但傷勢嚴重，到院前即不治身亡。關於本案之後的發展，本臺將會為您持續追蹤。

弟弟的心裡像是缺了一塊，空蕩蕩的。

「你們知道，撞上的是我的哥哥嗎……」他無意識地脫口而出，眼神空洞茫然。

「啥？那麼不湊巧喔。」狐群狗黨顯然一點也不在意。

正好回話的人碰巧知道一些弟弟的家庭狀況，「這不正好嗎？沒了累贅的智障哥哥，就可以開始自己的生活了啊。你應該感到輕鬆不少吧，哈哈哈！」

狐群狗黨一陣哄堂大笑後，就走進裡面的小房間準備開始分贓。

「這傢伙真是欠扁！可惡至極！」

東湛的怒氣從剛剛就沒有消停過半刻。

若這裡不是墨良徹前世的夢境，他早就把這些人全都剁了，拿去餵他最唯恐避之而不及的那些殭屍狗！

不，可能連殭屍狗都要嫌棄這些惡人難吃得無法下嚥。總而言之，不讓這些人渣通通下地獄去，未免也太便宜他們了吧！他氣得牙癢癢，不停在原地跺腳。

東湛其實也很懊悔，本來還喜出望外地以為可以阻止一切，扭轉悲劇的。

但他們卻什麼都改變不了，只能眼睜睜地任由其在眼前發生……

如果他可以更加謹慎的話，事情就不會演變成這樣，都是他的錯。如果他沒那麼魯莽的話……或許還有可能……

「冷靜一點。」乍看之下面無表情的上官申灼雖然這麼說，但握得死緊的拳頭顯示他一點也不冷靜。

沒能改變這起悲劇不僅是在夢境裡的失敗，更是意味著他們可能難以破除心魔，無法成功喚醒迷失靈魂的墨良徹。

弟弟全身癱軟地坐在地上，眼神渙散彷彿被抽離了靈魂。

「哥哥才不是累贅……」

那都是違心之論，不是他的真心話。

「哥哥是我唯一的家人，這次的犯罪也是為了能養活我們兄弟倆。哥哥沒了，一切也都沒有意義了。沒有生存下去的意義，什麼事情都無所謂了……」

然後弟弟看到了，他失焦的眼神像是被強迫對準某個點，眼球顫動地瞪大雙眼。

電視新聞正重複播報銀樓搶案，這次多了記者在現場採訪的畫面。地上一灘血跡極其引人注目，排邊還有張被染得血紅的畫紙。

紙上的線條仍清晰可見，那是哥哥畫的，是他們一家人在一起的全家福……還有爸爸跟媽媽。

弟弟徹底崩潰了。他痛苦地抓著臉龐，刮出一道道血痕，卻未留下任何一滴淚水。

此刻他的眼神不只是失去了光芒，更染上一層濃黑的陰鬱色彩。他默默下了個重大的決定，現在不是哭泣的時候。

弟弟不甚熟練地將槍上了膛，像是站不穩似地左右搖晃，拖著步伐走到裡面的小房間。

狐群狗黨沒料到會突如其來遭到背刺，尚未有所防備。弟弟將槍管輪流對準他們每個人的頭顱，不停地扣下扳機。頓時血花四濺，這群惡棍還來不及發出聲像樣的慘叫，就在瞬間通通斷了氣。

弟弟眼睛一眨也不眨，表情麻木地看著眼前一片血肉模糊的死狀。

他還保留了最後一發，那發是留給自己的。為了贖罪，最後的結局便是以弟弟飲彈自盡收尾。

東湛不禁寒毛直豎，全身僵直地無法動彈。而上官申灼只是按著他的肩膀。

周圍的景物紛紛消失褪去，取而代之的是深不見底的黑暗。什麼都沒有，就如同兄弟倆人悲慘的結局。

夢境至此結束了。

東湛驚醒過來，臉上仍是尚未消退的慌亂，還尚未從剛才的餘悸中回過神來。

他跟上官申灼回到了墨良徹的房間裡。

「阿徹並沒有醒來的跡象。」上官申灼一箭步上前查看墨良徹的狀況，只見弟弟絲毫沒有起色。

「所以困住墨良徹的心魔到底是什麼？是因為他害死自己的哥哥嗎？明明是感情那麼好的兄弟……」

東湛絕望地體認到一個事實，他們雖然成功入夢，但結果還是失敗了。他們沒能瞭解困住弟弟的心魔，自然也無法救回墨良徹的靈魂，這一趟一無所獲。

「不好了，阿申，出事了！」

這時房門被人猛然推開，檀急急忙忙跑了進來。

「怎麼了？」

上官申灼現在最不需要的，就是再聽到任何壞消息。但基於第三分隊隊長的職務，他不可能拋下工作不管。

「是阿亦，為了解開困住阿徹的夢，他竟然擅闖夢閣！」

「得趁總隊長發現之前，趕緊將人攔下……」

「夢閣是什麼地方？」無發加入話題的東湛問。

「夢閣是陰間禁地，平時戒備森嚴，一般人不得擅闖。更重要的是……」

上官申灼頓了頓，緊緊地皺起眉頭，「那裡有神獸獬豸守護著。」

「獬豸？是很厲害的神獸嗎。」

「何止厲害，」檀也一臉凝重地接口回應道，「獬豸是上古神獸。一個弄不好，阿亦的靈魂很可能會徹底破碎消滅。」

「……你不是說墨久亦會沒事的嗎？」東湛面露驚恐地轉頭望向上官申灼。

「看樣子，我是錯估了亦的自持力……」

上官申灼的表情變得比以往更加嚴肅百倍。

めんじゅう　ふくはい

陽奉陰違

——第七章

夢閣守護者

MENJUUFUKUHAI

墨久亦在離開上官申灼和東湛這兩人身邊後，發了瘋似地拚命尋求能夠讓墨良徹醒來的辦法。

無論這個辦法有多麼的險峻，代價有多麼高昂，他都願意嘗試。他不想再失去家人，面對與親人分離，他始終提不起勇氣。

如同東湛所猜測的，他之所以會對入夢一事表現出那麼抗拒的樣子，是因為還記得一部分前世的事情。

按照規定，在進入刑務警備隊之前他們都得要洗去上一世的記憶，忘記自己為何來此的原因。

墨久亦原先一直都不能認同這樣的做法，他們都是戴罪之身，身上背負著罪孽，就連他也不例外。既然陰間的管理階層如此害怕他們想起那份無法抹滅的罪孽，為何又要雇用他們擔任刑務警備隊隊員呢？

本來墨久亦也失去了前世的記憶，但有一次因為公務需要，他得以進到夢閣。

他在無意間開啟屬於自己的那一格夢境抽屜，瞬間前世的片段便源源不絕流入腦海中，雖然趕忙關緊抽屜，但已經來不及了。

意外得到前世記憶的這件事情，墨久亦沒有告訴過任何人。那份沉重的記憶是他心中的痛，絕不能讓阿徹得知他們的前世……

痛苦由他一人來承受就夠了，歸根究柢他們會成為戴罪之身都是因為……

夢閣是夢境的形式，收藏大量前世記憶的禁地。所有的夢無論好壞都被存放在那裡，彷彿是歷史的刻痕，夢閣就是為紀錄而存在的地方。

於是墨久亦想到了一個辦法，只要將夢銷毀、徹底消除前世的所有記憶，如此一來就能除去心魔，這樣阿徹或許就會醒過來了。

但夢閣不是誰都能出入的地方，須向上級申請，獲得許可才能進入，否則就會被獬豸攻擊。

獬豸是看管夢閣的神獸，無故擅闖者一律會被它視為入侵者，予以排除決不通融。

他當然不想白白送死，但墨久亦也不可能放任弟弟就這麼昏睡下去，一輩子都會是這樣的狀態。他們的一輩子是活人無法體悟到的無盡漫長，如果弟弟永遠沉睡，根本上與就此凋零無異。

他需要上級的許可文件好進入夢閣，但很顯然這個理由上級不會同意，時間上恐怕也來不及。不過他並不打算就此打退堂鼓，既然無法申請，那就偽造一份出來。

獬豸再如何厲害，畢竟不是人類，也無法辨別出真偽。

但是事情並非那麼順利——

首先是檀意外得知他的計畫，立刻反對。

「偽造許可文件？阿亦，你是瘋了不成，這不像是你平時的作風啊！」那個沉熟穩重的人到哪裡去了！

「為了阿徹，我什麼都願意做！」即便面對同伴的阻撓，墨久亦仍然不為所動。

「先交給阿申跟東湛試試看吧，難道你不信任他們？」

「……如果要讓阿徹想起前世，我寧願放手一搏！」

「為什麼會扯到前世？」檀覺得奇怪，不談論關於前世的事，向來是他們警備隊隊員間的共識，「你是不是想起什麼了？」

墨久亦選擇沉默不語。

「果然，你還保有前世的記憶對嗎？所以才會對阿徹有可能因此回復前世的記憶如此反彈。」檀猜測。看到對方的表情，他就知道自己說對了。

「……無可奉告。」

「不要再執著於前世了，這樣未必對阿徹是件好事，你相信宿命嗎？」

「不。」出乎意料的回覆。

「我們每個人或許都有屬於自己的宿命，包括來到這裡的原因。宿命的安排向來不是不無道理的，或許阿徹就注定會想起前世的一切，這是你我都攔不住的。既然如此，為何不就順其自然讓它發生呢？」

「你根本不知道我們兄弟倆前世發生的事——」

墨久亦欲言又止，他內心一直很抗拒前世的記憶，自然也不可能對檀透露隻字片語。

「我又何嘗不能理解呢……」

檀只是黯然神傷地垂下雙目，表情看上去似乎有些落寞的樣子。

「你該不會——」墨久亦一瞬間聯想到了什麼，神情在眨眼間轉回複雜。

但他還沒來得及說出口，就被另一個人給打斷了。

「你們是在吵架嗎？」

茜草剛從巡邏回來，就目睹兩人爭執的場面。他左看看右看看，在場的第三者就只有他一人。

這時候該是要排解紛爭，還是要當和事佬呢？他一向不擅長處理這種場面，於是決定總之說點什麼吧……

「我們沒有吵架！」兩人異口同聲回答。但口氣都很惡劣，這讓茜草更加誤以為雙方就是在吵架。

「嘖，真麻煩啊。我的資歷比你們都還要淺，能不能別為難新人？我只想要安穩過日子，所以說——」

「就說我們不是在吵架了。」墨久亦逕自結束話題。

他拿出上一次核發的許可文件。許可文件通常只能使用一次，但他又拿出一張白紙，接著吟誦咒語，在上面比劃個幾下，瞬間就複製出一張一模一樣的許可證。

只要再改掉上面一些文字細節的話，獬豸肯定無法辨別出來。起碼能夠撐一下，只要給他短暫十幾分鐘就綽綽有餘了。

他的計畫是找出存放阿徹前世的那一格抽屜，然後銷毀裡面的夢境。這樣一來，沒有了困住弟弟的心魔，弟弟就又會安然無恙出現在他面前了。

「等等，你這是在偽造文書嗎？」茜草看得可清楚了，不可置信地提高聲調，「這是違法的行為，若是被抓到，你知道下場會如何吧？輕則刑期加重，嚴重的話可能會因此被打入地獄。」

「在我看來，兩者都不會發生。」檀的表情毫無波瀾，一臉冷靜，「在那之前，靈魂就會先被獬豸消滅了！」

「對，我差點忘記還有看守夢閣的獬豸，」茜草緊張地蹙起眉頭，「雖然它平時待我們不錯，但要是發威起來的話，後果可是相當嚴重的！」

「我知道。」簡單的三個字，已經透露出誰都無法動搖墨久亦的決心。

「你還是執意要那麼做？」檀問，但心底卻已經有答案了。

「是。」墨久亦絲毫不肯退讓。

「很好，」這答案完全符合檀的預料，他笑了笑，然後垂下揚起的嘴角，「茜草，阻止他！」

「好！等等，為什麼是我——」茜草錯愕地看向一旁的男孩，再回過頭時，墨久亦的攻擊已然殺到面前。

這場戰鬥不到五分鐘就被迫畫下休止符。

茜草的頭明顯腫了一個包，頭髮也亂得不像話。他面目猙獰地向檀抗議，「你不該只在旁觀看，都不出手相助。論實力，我根本打不過墨久亦！」

檀只是輕微地聳聳肩，「沒辦法，我要是出手的話，可能會不小心滅了對方，而我並不想看到那樣的結果。」

「只是說說誰不會啊，每次都那麼說，搞不好你的實力還在我之下呢！」

檀笑而不語。他停頓片刻，然後啟口，將矛頭轉向自己的搭檔。

「說到底，不就是你實力不足的關係嗎？別把錯都怪在別人頭上。」

茜草頓時啞口無言。

檀轉頭看了眼墨久亦離去的方向，「看來，這事還得請隊長出面解決才行。」

墨久亦來到夢閣門外。

夢閣是棟圓柱體的高聳建築物，其身是由櫸木建築而成，異常的堅固，也不易潮溼，木質色調柔和，在暗夜中經由月光的反射熠熠生光。周圍環繞著寬敞的護城河，猶如指引人方向的燈塔一般。

只要跨越河上的拱橋，就能進入到夢閣內部。不過前提是必須排除一切障礙。

首先得要面對夢閣的守護者，獬豸。

此刻的獬豸是化成人形的模樣。一頭紫色的頭髮柔順地披在胸前，僅用髮帶將之鬆鬆地束起在肩頭；容貌精緻秀麗，身材高挑，是名面目和善的青年。

誰都沒有親眼目睹過獬豸動真格的模樣，或許是因為看過的人都在瞬間被消滅了。

夢閣在陰間裡屹立不搖已經長達上千年，沒有人不知道那是不得擅闖的禁地，更是沒有人想挑戰獬豸究竟有多麼強大。

但今天墨久亦就是企圖打破數千年來無人敢挑戰的規則，恐怕他會是第一個膽敢這麼做的人。

獬豸專心地看著遞到面前的許可證，反覆再三檢查，看起來似乎沒有什麼可挑剔的。

它歪了歪頭詢問，「這麼晚了，你來這裡有什麼事？」

「有公事要辦。基於公務員保密條款，恕我不得透漏。」

「原來是這個樣子啊。」獬豸點點頭，也不刁難。但隨即話鋒一轉，開啟話匣子模式，「阿徹的事我聽說了，沒想到會發生這樣的意外。你們兄弟倆感情一向很好，希望你不會受到太大的打擊。」

「多謝關心……」

「阿徹會好起來的，不只是我，大家也都這麼相信。」獬豸自顧自地打斷墨久亦的話，目光從未自對方身上移開過。

墨久亦不明白它想說什麼，他不想繼續逗留在此浪費時間。正當想伸手拿回許可文件時，卻發現對方緊緊拽著文件不放。

他詫異萬分地抬起頭來，獬豸只是對他露出一抹意味不明的笑容，然後手心燃起火焰。下一秒，在他面前將那張許可證給燒毀。

最終還是被識破了。

「你以為我會這麼容易就上當嗎？未免也太小看上古神獸了吧。」

在墨久亦反應過來前，獬豸的手已經狠勁十足扣住他的咽喉，將他抬離地面。

「我啊，可是獬豸喔，不是你能輕易對付的。」

「唔呃……」墨久亦試圖掙脫，奈何對方的手勁力道徒勞無功。

在這瀕死的瞬間，他總算親身體悟到，獬豸身為神獸的名聲可不是浪得虛名，兩者壓根底從就不屬於同一個層級。

「呵，稍微對你好一點，就以為能夠跟我平起平坐。在我面前，你不過是區區螻蟻罷了！」

憤怒的獬豸原本白淨無瑕的臉龐起了劇烈的變化，眼睛也在轉瞬間變成湧動著殺意的血紅。它強大的氣勢撼動了圍繞在夢閣外的護城河，河水頓時掀起陣陣漣漪。

面露凶光的獬豸怒吼一聲，毫無預警地將墨久亦往一旁扔去。他狼狽地摔入河水中，喝了幾口水，趕緊浮出水面呼吸，劇烈地嗆咳起來。

「既然打不過的話……只能硬闖了。」墨久亦沒忘記此行的目標，他遙望著看似近在眼前的夢閣，說什麼都不打算放棄。

他拿起武器重新調整好姿勢，打算強硬突破防線。

身後傳來一聲充滿獸性的咆哮。墨久亦倏地回過頭，獬豸已經擺脫人形，重回獸身的懷抱。它的外貌像是羊，一身黝黑的皮毛，頭上還有獨角，這即是獬豸真正的模樣。

這場戰鬥已經無可避免地揭開序幕了，導火線便是由他墨久亦燃起的。

獬豸一蹬，已然衝至眼前，它低下頭將獨角當作武器，往靶心的墨久亦直直刺下。墨久亦迅速往一旁閃避，然後幾個踏步，離開河面重新回到橋面上。水的阻力會拖累他行動的速度，再加上他的弓是遠距離攻擊用的武器，必須要抓好距離跟時間點才能確實造成傷害。

對方偏偏是他最為棘手的類型。獬豸的體型雖然龐大，但行動卻很敏捷，才一個眨眼的瞬間就已經竄至眼前，還有那隻獨角，必須得小心避開才行。

墨久亦提起弓，動作流暢地抽出箭矢，弦隨之繃緊。他瞇起眼瞄準不斷移動的目標，算好它的行經路線以及落下箭矢的點，猛然發射。

「咻——」箭矢劃破空氣，朝獬豸筆直而去。

然而獬豸卻不急不徐地經過箭射來的途徑，以頭上那隻醒目的獨角硬是將箭給撞開，那隻角絲毫未有損傷。

獬豸強而有力的四足猛地一蹬，飛躍至半空。落下至橋面時氣勢萬鈞的力道，瞬間颳起一陣狂風，連橋都為之撼動。

墨久亦一驚，趕緊蹲下伏低身子，免得被疾風捲進底下的水流。

待風靜止的瞬間，墨久亦迅速地再度持弓，將帶有箭氣的箭矢發射出去。

這回箭頭瞄準了獬豸的獨角，既然那隻角是對方的武器，那就先一步摧毀掉。瞄準的角度也很刁鑽，從這樣的方向要閃躲並不容易。

但是他還是想得太容易了，獬豸根本沒打算躲開。只見尖銳的箭頭再度觸碰到獨角，瞬間墨久亦的箭便敗下陣來。

獬豸獨角的硬度非比尋常。畢竟是上古神獸，千年前的產物，怎麼可能輕而易舉就被摧毀。

「果然還是不行啊……」

墨久亦親眼見證自己發出的箭矢再被獬豸不費吹灰之力瓦解，好像其本身就是不堪一擊的事物一般。

獬豸眼眸中的怒火更勝，發出像是不屑的噴氣聲，蹄子挑釁似地刨了刨地面。它的氣場比剛才更加強大，踩踏的地面應聲碎裂，可以看見橋面上出現明顯的足跡形狀，空氣中隱約傳來熱氣混和著燒焦的的複雜味道。

墨久亦定睛一瞧，發現神獸的皮毛全都豎了起來，整個身體都被包覆在電流不斷交錯的防禦網內。

只要有獬豸在，他就不可能再往前靠進半步，這個計畫已經行不通了。

墨久亦暗叫不妙，他決定改變策略，暫時先撤退保命再說。除了他再也沒有人救得了阿徹，他曾經答應過，會保護他、照顧他一輩子的……

墨久亦想都沒想地轉身向後狂奔，然而對方有四足又是神獸，很快就追上他的腳步。墨久亦一驚，趕忙用手臂護在自己身前，一陣強烈的電流竄過他全身，頓時整個人被電得全身麻痺倒地不起。

這下糟了，墨久亦努力撐起身子，但手臂跟軀幹都不聽使喚，完全使不上力。

他只能眼睜睜地看著獬豸抬起肌肉發達的前足，即將把他當作踏板，重重踩下的畫面。

墨久亦不由得心頭一緊，在這一瞬間，他發現自己還是無法勇敢地面對死亡。

「獬豸大人，請平息您的怒氣。」

在千鈞一髮之際，有人即時趕到。上官申灼的長髮在他英氣煥發的制服後飛揚，他來到獬豸面前，屈膝單腳跪下，請求對方的原諒。

獬豸已經抬起的前腳，只是輕輕地掃過上官申灼額前的幾綹髮絲，然後緩緩地落地。但它並沒有恢復成人形，依然在原地踱步不止。

片刻後獬豸才終於開口。不同於人形時的模樣，獸身時的獬豸嗓音渾厚低沉，頗具威嚴，高高在上。

「我是夢閣的守護者，有權處置侵犯這裡的人，你是打算袒護他嗎？」

「不，我知道他犯下了不可饒恕的重罪，理當接受懲處。」

「那你來做什麼？」獬豸口氣不善地質問。

「我身為刑務警備隊第三分隊隊長，沒把下屬教好是我的責任，理應一起接受懲罰。」

「這跟你沒有關係，讓開！」獬豸根本不吃這一套。

「若是我不讓的話，您打算連我也一起殺了嗎？」上官申灼依然不動如山擋在墨久亦面前，眼神堅定，毫不畏懼地迎向獬豸的視線。

「隊長，你不必為我做到這個份上……」墨久亦怔楞片刻，才終於回過神來。

「你說呢？」獬豸挑釁似地反問上官申灼。

「慢著、慢著。」東湛終於慢了一步趕至戰火即將一發不可收拾的現場，連忙幫忙緩頰。卻在目睹獬豸的那一瞬間，整個人都畏怯了，「好、好高大啊！」

「你是誰？」獬豸可以用嗅覺辨別來者在陰間是擔任哪個職務。據它本人的說法是，每個部門都會有種獨特的味道。而眼前這小子很新，是在陰間裡從未聞過的味道，「我沒看過你，新報到的？」

「我是東湛。雖然現在還不是，但未來必然會是刑務警備隊的一員！」東湛自信滿滿地回答道。

「那你也是來替這傢伙求情的嗎？」

「求情是一定的，但現在我打算先放在一邊！」東湛話鋒一轉。

「嗯？」獬豸覺得這小子話中有話，卻不明白對方到底想做什麼。

「我可是第一次親眼看到神獸啊！」東湛按捺不住激動的心情，頓時像個小粉絲般不由自主地被獬豸吸引，擅自跑到它身前上下打量，甚至想伸手觸碰。

「東湛，別碰！」上官申灼見狀，厲聲提出警告，然而為時已晚。

東湛的手已經摸上獬豸那身柔軟的皮毛。後者忽然露出一個微妙的表情，然後一陣震顫，瞬間無法思考的獬豸迅速向後避開東湛的碰觸。

幾秒過後，橋上站著一個青年，是獬豸人形的狀態。

它面帶戒備地以提防的眼神直直盯著東湛，內心仍驚訝不止。這小子是什麼來頭？竟然可以直接碰觸到牠的靈魂深處，像是有雙手在裡面探索著，想要挖掘出更多隱藏的祕密。

看到人身的獬豸，東湛並不驚訝。透過剛才短暫的幾秒碰觸，他已經知道了一切想知道的資訊，「獬豸大人，您別緊張啊。」

「別靠近我，要說什麼就留在原地說吧。」獬豸像是如臨大敵，一步也不願欺近。

「獬豸不是與生俱有辨別是非、公正不阿的本能嗎？那您應該明白我想說的。」

「凡是擅闖禁地者，一律處以毀滅靈魂之刑，是陰間管理者的命令。」獬豸只拋下這麼一句簡短的話。

「真的是這樣命令的嗎？」東湛露出皮笑肉不笑的微笑，那笑容看得獬豸心底直發寒，「我以為命令只說一切交由你處置，可沒提到要毀其靈魂喔。」

「你怎麼——」獬豸心虛地撇開視線。

「墨久亦是為了弟弟墨良徹才會出此下策，還請獬豸大人網開一面！」

眼見機不可失，上官申灼趕緊出面替墨久亦求情，希望事情有轉圜的餘地。

默默在旁聽完整段對話的當事者墨久亦，終於掙扎著爬起身，仿效自家隊長的姿態，也以單膝下跪。

「我知錯了，絕對不會再犯下這樣的錯誤，甘願接受任何懲處。」

獬豸嘖了一聲，它也並非鐵石心腸。輪流看了看三人同樣堅毅的神情後，它決定退讓。

獬豸面無表情地看著墨久亦，冷然地說，「再有下一次的話，我一定會殺了你。」

「隊長，你們怎麼……」

「是擅跑來通知我們的。」

墨久亦隨著兩人回到墨良徹的房間。墨良徹依然是躺在床上，雙眼緊閉的狀態。不用等到東湛說明，他知道他們入夢的嘗試以失敗收尾。

但墨久亦卻沒有如釋重負的感覺。明明這是他一直想要的不是嗎？但不願讓弟弟想起那段屬於他們兄弟的過往真的是正確的嗎？他不知道該怎麼辦，真的不知道……

東湛為了要讓墨久亦了解到事態有多麼嚴峻，大致說明了他們進入到墨良徹夢境後關於前世的那段過往，然後他注意到對方的表情幾乎沒什麼變化，看來是心裡有底的樣子。

他瞬間明白了墨久亦的糾結，也頓時理解眼前的人一直莫名抗拒入夢的理由。

「我知道你是覺得在前世時，把弟弟逼到絕境而覺得愧疚，所以才不想讓阿徹想起那段回憶。」

墨久亦不否認也不反駁，只是抬起頭，直直地望著東湛。

他繼續說下去，「你有沒有想過，或許不該逃避，而是去正視它。畢竟那是屬於你們的回憶，每個人心中都有那道過不去的檻，但連嘗試都不去嘗試，永遠都不會知道結果。不如面對它，親手了結這個因果。」

東湛說的這些話，墨久亦都懂。想到為了弟弟他竟然做出擅闖禁地這等蠢事，他到底是怎麼了，連他都難以置信這樣的衝動是哪來的。

見墨久亦許久都沒吭聲，東湛不禁有些擔心是不是他的用字遣詞有些不恰當，惹對方不開心了，連忙說，「對不起，是我太自以為是了——」

「是我一時鬼迷心竅，」墨久亦忍不住苦笑。

「沒事的，謝謝你對我說那些話。這對我而言是很大的幫助，也算是給了我一記當頭棒喝。我想，我知道該怎麼做了。」

「是這樣嗎……？」東湛不太確定地回應道。

「隊長，」墨久亦鄭重喚了一聲，眼神不再迷惘。他請求般地說道，「再一次進入阿徹的夢境裡吧。」

「你確定？」看到對方的眼神，上官申灼知道他沒問題了。即便如此，他還是再次確認一遍。

「嗯，」墨久亦很快地點了點頭，「但是這次，請讓我跟你們一起同行。」

「東湛，你辦得到同時讓兩個人都入夢嗎？」

忽然被上官申灼點名的東湛愣了一下，很快地回過神來，「我本來就有這個打算。這一次一定要找到墨良徹的心魔不可！」

不是一定，是絕對要那麼做。他想讓兄弟倆團圓，前世的悲劇不該在兩人身上再度重演。思及此，東湛不由得握緊雙拳。

「不用太過拚命，凡事量力而為。」察覺出對方的想法，上官申灼只是拍拍他的肩，要他放鬆心情，以平常心看待。

東湛僵硬地點點頭。其實他很害怕再次入夢，害怕再度在夢境裡見證兄弟倆的分離。但在焦躁並不會對眼下的現況有任何實質的幫助，他只能這麼做了，這次一定要成功找出墨良徹的心魔。

他逕自走到墨良徹的床榻邊，坐在旁邊的椅子上。

東湛輕輕地握住那隻冰涼的手，閉上眼，感受靈魂深處的那股脈動。作為入夢的橋梁，他再度進入了對方的夢境。與前一次不同，這次同行的人除了上官申灼，還多了墨久亦。

夢境裡的世界有了不同的變化。

街景的改變其實不大，建築的一磚一瓦還是保留上次入夢時那種舊時的風貌。但東湛就是知道哪裡不一樣了，該說是氛圍嗎……總之很難形容。

墨久亦想都沒想便邁開步伐。也是，雖然說這裡是墨良徹的夢境，但也是兄弟倆的前世，照理來說他應該知道接下來會發生什麼事才對。

東湛和上官申灼見狀趕緊跟上。

「你不是想起什麼了？」東湛問道。

墨久亦卻只是搖搖頭，然後冷不妨地止步，左右轉頭張望，目光像是想要找尋什麼。他的視線最後終於定在一處，遙遙望著不遠處街角的某一處。

依循對方的視線，東湛和上官申灼跟著看了過去。

在對街不遠處，有兩名小男孩。其中一名男孩飽受委屈似地蹲下身哭泣，另一名男孩像是在安慰他，不時拍拍他的背。

那名哭泣的男孩總算停止啜泣，抬起頭，手掌貼著肚子，示意他餓了。

另一個男孩提議去買點心吃，剛才還在哭泣的男孩很快就接受了。於是兩名男孩手牽著手，飛快地跑出他們的視線範圍外。

起初東湛還不明白是怎麼回事，但當他看到兩名男孩相似的臉龐時，他就明白了。毫無疑問的，這是一對兄弟，是夢境想要讓他們看見的畫面。

這一回，他們來到了墨久亦與墨良徹兄弟倆的孩童時代。

早在悲劇發生之前，很久很久以前的事……

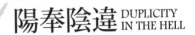

めんじゅう　ふくはい

陽奉陰違

第八章

Gate

MENJUUFUKUHAI

「我們現在是來到了兄弟倆還是小孩時的夢境嗎？」

「看樣子沒錯。」

「為什麼？給我們看這一段有什麼意義？」東湛只覺得混亂。

「夢境裡的世界瞬息萬變，每一段都有它本身的意義在。」上官申灼沉思道，「或許，這是夢主想要給我們看的。」

「夢主？」

「夢境的主人，在這裡阿徹就是那個夢主，」上官申灼解釋，「他可能想要透過這樣引導我們，直至找到答案為止。」

兩名男孩相親相愛、手牽著手跑過對街的足聲已經漸行漸遠。

「快走吧。」墨久亦想要跟上他們的腳步，臨走前轉過頭喚了聲遲遲沒有行動的兩人。

東湛和上官申灼立即毫不遲疑地加快步伐，跟上遠方兩抹移動的小小身影。

這裡的街道與路旁的建築相當演熟，應該是在兄弟倆的家幾條街外的街區，距離事發當時的那家銀樓也不遠。

不過以時間推算的話，這裡是更早之前的時空，不知道該地址已經是銀樓了嗎？或者當時的位置是別家店？不過無論答案是哪個，他們都無從得知。

兄弟倆停在一處攤販前，哥哥被食物的香味吸引了全部的注意力。

弟弟察覺到了，因而詢問，「你想要吃這個嗎？」

哥哥點頭如搗蒜。

弟弟從口袋掏出數個銅板，都是由一元與五元組成的硬幣。他數了數，全部勉強湊出二十元，但是只足夠買一袋。

「這個攤販……」東湛似乎對這個場景似曾相識，不由得喃喃出聲。不，他是見過的沒錯。

「怎麼了嗎？」上官申灼詢問。

東湛想起來了，「在發生銀樓搶案之前，哥哥曾經駐足逗留在某個攤販前，那時候我怎麼拉都拉不走，原來是這個緣故。因為小時候的回憶，所以哥哥對這個才會特別有印象。」

「雞蛋糕。」墨久亦公開謎底。

看來他們終於找到了困住墨良徹，導致他無法甦醒的原因。原來，從一開始他們的方向就錯了。

不是因為前世的磨難，而是因為兄弟倆美好的童年記憶，才會使得他久久無法抽離前世，這便是墨良徹的心魔。

他會不會是想要再一次跟哥哥共享那份雞蛋糕呢？那是只屬於他們兄弟倆，旁人無從得知的回憶。

三人看著兩名男孩快樂地共享一袋雞蛋糕的歡樂畫面。

一袋雞蛋糕只有五個，是單數，不夠兩人食用。弟弟將最後一個讓給了哥哥，然而哥哥卻將最後一個熱騰騰的雞蛋糕撕成兩半，分給弟弟。

最後的畫面是以兩人相視而笑的一幕畫下休止符。

東湛心想，他知道該怎麼做了。

這時夢境的世界忽然產生巨大的變化，空間整個扭曲了。

眼前所見的一切無一例外地開始崩毀、消散，取而代之的是什麼都沒有的虛無。黑暗逐漸吞噬這裡。

「這是怎麼一回事？」東湛連忙問。

「是阿徹，」墨久亦馬上就有所感應，「阿徹的症狀加劇了。再不快點出去的話，我們就會永遠被困在這個夢境裡。」

「但是我們要從哪裡出去？」才一眨眼的瞬間，圍繞在東湛身周的只有看似伸手不見五指的可怖黑暗。

「那裡！」上官申灼指向遠端唯一的一點光亮，「我們快走吧，再不走就要來不及了。」

三人沒有多加猶豫，迅速往那處光點奔去。在他們奔跑過去的同時，光亮也一點一滴在縮小。所幸那處光亮其實並不遠，很快就到了伸手可及的距離。

上官申灼率先穿過那個光點，墨久亦跟隨在後。

東湛是最後一個出去的人，他的手即將要碰到散發出溫暖熱度的光點時，在這個危急關頭卻突然有個聲音叫住了他。

喂。

「誰？誰在說話？」東湛轉過頭，背後一個人都沒有。那是當然的，他現在是在別人的夢境裡頭。

喂，你知道嗎。

那道聲音聽起來很模糊，像是在附近遊蕩一般。

「你是誰，為什麼要跟我說話？」

然而接下來的話東湛卻聽得無比清晰，簡直如同對方是附在他的耳邊小聲說話般。

千萬要小心那個人啊。

「那個人？」東湛接著再問，「你指的是誰？」

還有誰，上官申灼可是個罪大惡極之人吶。

「警備隊的人不都是戴罪之身嗎，你把話再說清楚一點！」

他啊，可是殺了自己父母的極惡人喔。

「你說什麼……」還來不及細想，那個模糊的聲音就消失了。

東湛再轉回頭時，唯一的光亮已經被吞噬殆盡了。沒有了僅存的出口，東湛被困在什麼都沒有的虛無世界裡。

「不不不不不！」他發了瘋似地想要找到出口，但什麼都觸及不到。

東湛崩潰地抱頭吶喊，「我不該留在這裡的，一定有什麼辦法，有的對吧？」

然而，始終無人回應。四周安靜到連細碎的聲音都聽得無比清晰，但這是個沒有任何聲音的世界，一切詭異的令人只覺得可怕。

東湛不打算這麼坐以待斃，憑藉著僅剩的理智和一點直覺，或許是想要生存下去的本能。即便他已經死了，他還是驅動著雙腿，想要努力找到出口。

走了不知道幾分鐘，就在他想要就這麼放棄時，前方出現了一點騷動。他循著聲源，看到了一處疑似出口的亮光，情急之下連忙跑了過去。

有一個熟悉的身影走在不遠處的前方，明明內心知道自己其實跟他素不相識，東湛仍下意識喊出對方的名字。

「上官申灼。」

前方的人聽到東湛的呼喊，轉頭看像他。是個一身古服，只有十幾歲，模樣青澀的少年。當他看到東湛時，明顯嚇了好大一跳。

這人怎麼看都不會是他所熟知的那個上官申灼，但東湛又覺得對少年有股難以解釋的熟識感。

到底是怎麼回事……眼前這個人為什麼會出現在這裡，又代表著什麼意義？

接著跟開始時一樣突然，前方的少年消失了。如同幻影，就像海浪打到礁石上的浪花，令人捉摸不定。

「東湛，快點回來！」

遠方隱約傳來上官申灼焦急地呼喚他的聲音。一個眨眼的瞬間，東湛已經安然自夢境中脫身，連他都不明白是怎麼回事，有些恍然。

他回復意識的第一件事便是抓住對方問道，「上官申灼，你剛才有沒有聽到什麼？」

「沒有，我什麼都沒聽到。」上官申灼如實答覆。

但剛才那不像是自己的幻聽。還有，對方說的那些話倒底是什麼意思？上官申灼是應該小心提防的人嗎……

東湛抬起目光，小心翼翼地看著眼前這個名叫上官申灼的青年，對方只是一臉奇怪的看著他。

「那你剛才有看到一個少年嗎？」東湛接著再問。為什麼他會叫那個少年上官申灼呢……

「什麼少年？」上官申灼眉頭皺得更緊了。

「阿徹！」墨久亦的呼聲瞬間拉走兩人的注意力。

床上的墨良徹依然不見甦醒的跡象，不只如此，整個人蒼白得猶如幽靈一般。

先不說他們本來就不是活物，此刻的墨良徹似乎連留在陰間的權利都在被一點一滴地剝奪。

「時間快來不及了，我們必須去陽世一趟！」東湛只得先將心頭的煩惱拋諸腦後。現在所要做的是正視眼前的難題，其他的之後再說吧。

「你跟我想的是一樣的嗎？」上官申灼回望著他。

兩人心照不宣交換了一記默契的眼神。

「福○熊、熊○利。」

擴音器不斷循環播送超市的主題曲。東湛和上官申灼來到了陽世一家大型連鎖超市，購買需要的食材。

在那之前，他們已經事先上網查到食譜，將做法列印了下來。其實做法很簡單，需要的材料也只有兩三樣，即便是毫無烹飪經驗的人，也能夠輕易的上手。

買到食材後，東湛他們再度回到陰間。接下來只剩實際將實品做出來就可以了，就只差那麼一步。

「廚房的話應該可以用那總部的廚房。」上官申灼提議。

原來在刑務警備隊內部還有個超大的食堂。這個食堂是獨立出來的建築，免費提供給三個分隊的隊員享用，幾乎全年無休，算是公務人員的福利之一。

上官申灼認識那裡的廚師，在交涉後對方答應讓他們使用廚房，但前提是不能妨礙到其他人工作。

這當然沒問題。東湛照著食譜上的步驟，手沒有停下半刻地趕忙做了起來。

首先是將細砂糖和雞蛋攪拌均勻，再加入牛奶、低筋麵粉、鹽、香草粉攪拌均勻，幾乎都是一直在重複攪拌的動作。

他瞄了眼在一旁看得出神的上官申灼，「你不能幫忙嗎？」

「我不會。」

「就算照著食譜也不會？」

上官申灼聞言偏過頭，認真思索起來，「如果是按照書面上的做法，我可以試試，但不保證一定會成功……」

東湛聽了覺得有些不對勁，連忙出手攔阻上官申灼伸過來的手，「你該不會從來沒進過廚房吧，你有做過什麼食物嗎？」

「沒有。」上官申灼直白的回答，一點也不覺得自己有那裡奇怪。

「真還有這種人……」不是東湛要自誇，就連他這個超級大明星，在肚子餓的時候也會偶爾下廚犒賞自己一番。畢竟外面賣的跟自己煮的，還是後者比較讓人覺得安心。

「曾經有人跟我說過，要想學好東西，就得把自己會的那一樣練到專精。唯有如此，那個技能才是真正屬於你的。」上官申灼喃喃自語。

「是誰跟你說的？」東湛接著再問。

不知道對方指的是哪樣的技能。不過不得不說，他在警備隊隊員中確實是相當出色的人物，劍術也是一流的。

上官申灼沒有答腔，因為就連他自己也不知道的答案，根本無從說起。

十分鐘過後，香噴噴的雞蛋糕隨之出爐。

東湛和上官申灼，還有墨久亦都聚集在墨良徹床邊，等待奇蹟的發生。

雖然他們也懷疑這樣的做法真的能夠奏效嗎，但眼下已經沒有其他辦法了，這是最後祈盼求得一線生機的賭注。

結果並沒有讓他們失望，雞蛋糕的香味誘使墨良撤從夢中甦醒過來。

墨久亦無法克制地露出自從弟弟出事以來的第一個笑容，激動地抱住緩慢坐起身來的墨良徹。

「我這是怎麼了……」墨良徹被抱得一臉莫名其妙，但還是回抱住哥哥。

「你都想不起來了嗎，記憶是從什麼時候斷掉的？」東湛關心地湊上前。

「嗯……我只記得在解決異變的餓鬼後，一時沒注意被偷襲了。這之後的記憶就斷斷續續的，」墨良徹努力想要回想，但大腦就是不肯配合，能想起來的片段實在有限，「不過我現在感覺好多了。像是睡了一覺，做了個很長很長的夢。」

「沒有什麼比你回來更重要的，我以為又要再度失去你……」墨久亦忍不住哽咽。

「你在說什麼啊，亦哥，我不是一直在你身邊嗎？」墨良徹不敢置信地看著哥哥的哭臉，「亦哥，你不會是在哭吧！」

「阿徹，關於前世的事，你還記得多少？」上官申灼又問。

「這個嘛……」墨良徹不好意思地搔搔臉頰，「就跟你們知道的差不多吧。不過那都過去了不是嗎？重要的是我還在這裡，亦哥也在這裡，這樣就足夠了。」

「阿徹，你真的……」墨久亦一臉欲言又止，「我之所以不想讓你再次經歷過去的痛苦，是不想要讓你恨我。我知道自己很自私，但除了那麼做，別無他法。」

「亦哥，你在說什麼啊？我一點都不恨你，是真的。如果要說為什麼的話，因為你是我的哥哥，是我留在這裡的唯一理由啊。」

「阿徹……」

「亦哥，你知道為什麼我會困在夢境裡出不來嗎？」墨良徹問。

墨久亦愣了一下，搖了搖頭。

「因為不管是痛苦的回憶也好，開心的回憶也罷，那些都是我們曾經共同經歷過的一切。我不想要再失去哥哥，所以不要再責怪自己了。那些記憶是我們擁有的過去，往後我想跟亦哥共同創造新的回憶！」

「嗯，好，我答應你！」墨久亦終於破涕為笑了。

墨良徹主動拿起盤子上的雞蛋糕塞進哥哥口中，另一個則塞進自己的嘴裡，兩兄弟開心地分食著剩下的雞蛋糕。

「這麼閃是這麼回事……」東湛快要被兄弟倆的親情光輝給閃到眼瞎。

他揉了揉眼，再睜開眼睛時，映入眼簾的畫面竟然跟兄弟前世的身影重疊，只是身分跟他原先以為的有些出入。

上輩子患有智能障礙的哥哥是墨良徹，而叛逆的弟弟則是墨久亦。就如同弟弟曾經說過的，在陰間重逢的他們有了全新的身分。

弟弟為了償還自己犯下的罪孽，如今的他是兄弟倆中的哥哥，照顧著弟弟，而弟弟也同樣敬愛著這位兄長。

原來是這個樣子啊。東湛看著看著，忽然頓悟了什麼。

「好吧，事情皆大歡喜落幕了。我們也走吧，不要打擾他們兄弟重聚的歡樂時光。」

上官申灼沒有拒絕他這項提議，兩人功成身退走出房間。

其實在觸碰的過程中，東湛還有看到一段墨久亦沒說出口的前世記憶。

在上輩子是弟弟的他，自殺身亡後理所當然下到陰間。歷經過一連串的審判後，以罪人的身分被帶到了閻羅王面前。

他在閻羅王的面前總是保持沉默，只有在面對自己犯下的罪行時才會開口說話。

「你知道你犯下何等重罪嗎？」

「知道。」

「即便不是直接，你的兄長也是因你而死，你有什麼話要說的？」

「我無話可說，但是——」弟弟頓了頓，「如果罪大惡極的我還能獲得救贖的話，請讓我受盡一切的痛苦。還有來世的話，不要再讓我碰到『他』了。」

閻羅王自然知道「他」指的是誰。

「為什麼呢？」

「他跟我不一樣，沒有犯下任何過錯，來世一定可以成為幸福的人，健康並且平安快樂長大。」

「那你呢？」閻羅王接著再問。

「我願意攬下一切責任，現在的我就只能這麼做了……」

「可是有人不這麼想呢，這點你恐怕要失望了。」

「您說的是什麼意思？」弟弟愕然。

「我就讓你做為戴罪之身，留在陰間贖罪。所要付出的代價，是要償還兩世的刑期。」閻羅王很快地做出判決。

「不，我不應該留在這裡的，我——」他以為自己會下地獄，這不是他想要的結果。弟弟慌張地退後數步，想要逃離這裡，才發現自己根本無處可逃。

閻羅王沒給他說話的機會，只是淡淡說了句，「有個人在等你。」

弟弟沉默下來，接著像是有感應似的，緩緩轉過頭去。

有個人正走上前來，那個身影是他所熟悉的人。他瞠大雙眼，在驚訝的情緒消退後，連忙迎上前去，含淚抱住對方。此人正是被他害死的哥哥。

「為什麼？」弟弟總算鬆開了對方，「為什麼你會在這裡？」

這裡是只有接受過審判的人才能抵達的地方，不應該是他來，也不能是他能來的。

「我想要陪在你的身邊，所以選擇不去輪迴。」很不可思議的，在陰間裡，哥哥的雙目炯炯有神，條理也異常清晰，「我要跟你一起，償還我們在這世犯下的錯。」

「明明做錯事的人只有我啊……」

「還記得嗎?你說過我是哥哥。沒能在這世照顧你，我很抱歉。」

「說什麼抱歉，我才不需要任何人照顧。但如果可以的話，就讓我成為哥哥照顧你吧！」

「嗯，不管誰是年長的那一個，我們都要照顧彼此！」

「嗯。」

據閻羅王的說法是，哥哥生前沒做什麼壞事，但他始終不願進入輪迴，只求陪在弟弟身旁，一起償還他們在這一世犯下的罪行。

總之，閻羅王答應了他的請求，也算是了結他們兄弟倆的心願。

然後就是現在的墨氏兄弟檔。在陰間裡，弟弟為了贖罪變成哥哥，哥哥照顧弟弟是天經地義的事情。在這裡，兄弟倆依然相伴相依。

東湛利用自己的能力入夢救了墨良徹一事，很快就傳遍警備隊所有隊員耳中，總隊長當然也不例外。沒有多久，他又被傳至警備隊的會議室。

一推開厚重的會議室大門，三位隊長都坐在裡頭，總隊長和第二分隊隊長旁邊還坐著東湛沒見過的人。他猜測應該是各個隊長的搭檔，就像檀跟茜草，還有墨氏兄弟哪般。

「你應該猜到我們找你來的目的了吧？」總隊長莫槿率先開口發話。

東湛緊張萬分地點了點頭。他大致猜的到對方接下來要說的話，可是不知為何，那種期待與興奮竟強烈的難以言喻，搞得他覺得自己必須要慎重地看待此事不可。

畢竟，這算是他在這裡的第一份工作不是嗎？

「我必須要說，你做得很好。」莫槿接著再說，眼神中透露出對他的肯定，「應該說你的能力遠遠超出我原先的預期，其實我一開始並不怎麼看好你。」

「呃……」東湛忽然不知道該說些什麼。

「你成功通過我出的考題，而我的實驗也如願得到想要的答案。所以，理應獲得報酬。」

「我、我已經準備好了！」

就是這一刻，他期盼已久的這一刻！

「歡迎加入刑務警部隊，成為我們的一員。」

一語落下，其他分隊的隊長與其搭檔鼓起掌來。

雖然東湛尚分不清是基於同事間的默契，還是真心在祝賀他，總之他收到了。驀然覺得有些熱淚盈眶，這簡直比他第一次拿到最佳新人演員獎時還要更加感動。

畢竟，他完完全全可以說是真的搏「命」演出了！

「我會好好努力的！」東湛挺直腰桿，十指並攏，朝各位隊長級及副手級的人物行了個標準的九十度鞠躬，就像個貨真價實的陰間刑務警備隊隊員。

「那麼，接下來，」總隊長頓了頓，目光依序掃視在座的各位，「我們的東湛小朋友，應該要被分發到哪一隊去呢？」

奇怪的是，無人迎上東湛的目光，眾人紛紛都迴避了，就像是總隊長一個人在自說自話。

「我們的 team 不需要額外的新人，人手已經相當充足了，」奧斯陸勉為其難地回應道，最後甚至大喊了聲，「Come on！」

「你是在跟誰加油？」一旁的錦葵提出真心的疑問。

「那不重要好嗎，錦葵boy。」奧斯陸一臉這也要解釋的表情，「大家都很busy，多了一個新人，誰有時間去帶？」

「我倒是覺得多了個小弟還不錯，說不定可以使喚他跑腿！」錦葵竟然開始動起歪腦筋。

「請不要公器私用。」奧斯陸一秒就斬斷搭檔的妄想。

「第一分隊可以考慮接受，」朱羽說道，「但如此一來，人力分配就必須要重新考量。」

何況第一分隊裡還有好幾位特立獨行的隊員，這點讓他很是頭痛。做為副手，他可不能讓總隊長為此煩惱，必須要幫對方分憂解勞不可。

小倉鼠吱了一聲，表達牠不是很重要的意見。

「那個，」東湛戰戰兢兢地舉起手，「我可以發表我個人的意願嗎？」

討論聲驀然中止，所有人一齊把注意力放向新來的隊員身上。

「請說。」莫槿微笑看著他。

「如果可以的話，請讓我加入第三分隊，最好是讓我成為上官申灼的搭檔！」

要說出這番話，除了必須鼓起莫大的勇氣外，就連羞恥心都要一併拋諸腦後。東湛說完後臉立即紅得像煮熟的蝦子，頭上還蒸騰著熱氣。

果不其然，其他人頓時又將目光的焦點轉移至某個青年的身上。

上官申灼也不敢置信對方會說出這樣的話來。

但總隊長在第三分隊隊長抗議之前，決定先發制人，剛好其他人也都是這麼想的。下一秒就聽得眾人異口同聲地說道，「一致通過！」

東湛暗暗鬆了口氣。他沒發覺某人的臉色鐵青，全場就屬他的情緒最為晴天霹靂。

其實東湛想的很簡單，三個小隊當中他跟第三分隊特別有緣分，而且也是相處時間最多的。要從他們當中選擇未來要無時不刻相處的同事，自然是非上官申灼所在的第三分隊莫屬啦。

總之，這場會議在上官申灼的錯愕中迅速結束了。

「你那是什麼意思？」領著對方返回第三分隊辦公室時，上官申灼臉色不善地質問道。

沒想到入職劈頭就迎來第三分隊隊長的責難，東湛覺得未免有些莫名其妙，「你指的是什麼？」

「為什麼選擇我做你的搭檔。」

原來是這件事啊，東湛鬆了口氣，大喇喇地回覆，「我還以為你不歡迎我加入第三分隊。」

「我沒那麼想過。」上官申灼壓根不在意這一點。他們第三分隊的確很需要新血加入，但他不解的是東湛為什麼堅持要做他的搭檔。

「我不需要搭檔，我一個人就足夠了。」他覺得有必要再三聲明一番。

「你該不會是特立獨行的那種類型吧，討厭團隊合作？」東湛忽然覺得很有趣，「兩個人的力量總比一人要大，作為你的搭檔，我覺得互信是相當重要的一環！」

「這跟信任沒有關係。」上官申灼的臉色並沒有因此緩和下來。

「那不然你說說看跟什麼才有關係？」

「我說自己一個人就足夠的意思是，我不需要仰賴他人的力量，憑我一個人就可以完成全部的工作。」

「所以說？」這傢伙該不會是他想那個的意思吧，東湛頓時大驚。

「他人的力量不見得會成為助力，反而是一種阻礙。」上官申灼自認說的已經相當婉轉了。

東湛拚命消化這句話的意思，然後猛然意識到什麼，不敢置信地揚起聲調，「你的意思是我會是扯後腿的嗎！」

「我沒那麼說。」

「但意思八九不離十了吧！」

「是嗎。」上官申灼聳了聳肩。

「好歹反駁一下啊！」東湛整個人都快要氣炸了，「我會證明給你看的，我才不是什麼扯後腿的！」

「這就是我的房間？」東湛以為自己看錯，或是遺漏了什麼。

「哪邊有問題？」上官申灼問。

「什麼問題都沒有啦，」東湛大大嘆了口氣，最後他還是不免要抱怨一下，「說老實話，我以為這裡起碼會有這個跟那個。」

「你說的這個跟那個是什麼？」

「為什麼沒有高級床墊還有頂級蠶絲被？老實說我會認床。」東湛不好意思地主動招認。

「你已經死了，睡什麼有差嗎？」

「話可不能這麼說啊！」東湛頗不認同出聲抗議，「誰說死人沒有生活品質的？再者，警備隊員也是公務員，這麼寒酸可不行。你不是有黑卡嗎？在宿舍方面也應該要更講究一點才行！」

「那是出任務時需要的，不一樣。」

「對我來說都一樣，這樣的高層也太不大方了吧，你認同我的話嗎？」東湛直勾勾盯著上官申灼。

「嗯。」上官申灼幾乎連想都沒想，只是淡淡點了點頭。

「……你剛剛是在敷衍我吧？」

「制服已經放在衣櫃裡了。你穿上後到外面來，我帶你熟悉巡邏的路線。」

方才的話題被上官申灼巧妙地迴避掉。待他轉身要離去之際，東湛連忙叫住他。

「等等，這裡就我一個人睡？」

「這裡是唯一的空房，已經數十年沒人住，你如果再不滿意的話——」

「不，並不是這個問題……」東湛倉促打斷對方，忽然一臉凝重。

「有事直接說無妨。」看眼前的人支支吾吾連句話都表達不上來，上官申灼抬起眼眸，耐心等候對方開口。

其實身為一個超級大明星，東湛私底下的毛還滿多的。雖然為公司賺進大把鈔票，但同時也是公司內部公認為難搞的藝人之一。

他不敢在陌生的地方一個人睡覺，有時候因為活動需要外宿飯店，他都要拉著經紀人才能安心睡覺。但自己一個人待在他的豪華住宅又沒這個問題，果然是熟悉度的緣故。

「我能不能跟你一起睡覺……」東湛鼓起勇氣，終於對上官申灼提出請求。

「不行。」上官申灼不到一秒的時間就果斷拒絕，上直接轉頭走人。

「碰！」臨走前他不忘順手將門給關上，只是貌似力道一時沒控制好，關門的聲響有點大。

「也用不著發那麼大的脾氣吧。」

低聲碎念抱怨後，東湛一臉無奈地轉身面對偌大的房間，這裡將會成為他往後的棲身之所。房間很大，大的讓人從牆壁這端滾至另一端也沒什麼問題，但就是太空曠了。

擺設的家具基本上只有睡覺用的床鋪及一套書桌椅，還有個木製的衣櫃。就這樣，再也沒有其他家具點綴。整體來說了無新意，完全違背他向來的審美觀。

東湛默默決定，他以後絕對要添購幾項新的擺設在房間裡，把這一方天地布置得稍微有生氣些，他受夠了這裡的陰沉。

陰間不是什麼會讓人感到開心的地方，但既然都在這裡了，起碼可以憑藉自身的力量稍微改變這裡的環境吧。

下定決心後，東湛打開了衣櫃。就如上官申灼說的那般，衣架上吊著一套全新的陰間刑務警備隊制服。

穿上警備隊的軍裝制服，東湛雖然覺得有些彆扭，還是隨時隨地用陰間裡各種可以反射出倒影的東西欣賞起自己帥氣的英姿。這套衣服好看，穿上的人更加好看才能穿出這種感覺。

他忽然覺得，要讓上官申灼對自己刮目相看是在不遠的將來就會實現的事情了。他現在就可以預測得到，但首先他必須要記得這複雜的巡邏路線。

「等等，我們剛才是不是走過這裡了？」

「剛才那是中央十五街，現在我們來到了中央二十三街。」上官申灼沒什麼情緒起伏的淡淡回答。

「中央什麼的……」東湛聽得腦子都快要打結了，「這裡的街名一律都是叫中央嗎？那後面的數字又是什麼意思？」

「依據販賣的商品，以及用途的不同而有專屬的編碼，拿去。」上官申灼拋過一卷圖紙給東湛，接著補充，「總共有五十一街。那捲圖紙上面記錄了警備隊的巡邏路線，還有各街道的位置及店鋪配置，要牢牢記下來。」

「這麼多條街，哪裡走得完啊！」東湛忍不住發起牢騷，將打開的圖紙又重新捲了回去。

「三個分隊會依照不同日子交換巡邏路線。有三個巡邏時段，每個時段由一組搭檔負責。」上官申灼無視他的抱怨，繼續補充說明，同時領在前頭，帶著這個新人好好認識一下陰間的系統運作方式。

「是、是。」殊不知，東湛根本沒有在聽，只是心不在焉地隨口敷衍。

上官申灼盡責地向東湛介紹各個他需要知道的設施及建築，順便將公務員守則一條條背誦出來，根本沒察覺後者的心思已經不在這上面了。

前面的人已經走遠了，東湛的腳步卻遲遲停留在原地。他的目光被一旁狹窄幽暗的巷子給吸引了過去，不知出於什麼原因，他一股腦鑽了進去。

小孟曾說過這裡是暗巷，是無法治地區，但明明看起來就跟外頭一般的店家沒什麼兩樣啊。

東湛隨機挑了間店走了進去。

櫃臺後站著一位樣貌平凡的大叔。但奇怪的是，架子上陳列的商品都是一本本簿子，說是書籍的話，卻沒有封面標題，也沒有簡介可以讓人一窺書本的內容。

既然有店員，他決定去問問對方，「這裡販賣的是什麼樣的商品啊？」

店員大叔看了看他一身警備隊員的標準配備，然後將目光移至他的臉，沒有多說什麼。似乎對他而言，不論前來的客人是何種身分都，只會得他同一種對待。

「詛咒，本店賣的是你能想像得到的各種詛咒，客人有需要嗎？」

「詛咒是可以賣的東西嗎？」

「為什麼不行？」店員這麼回答，「簿子裡收集了人們包含前世今生的負面情感，累積了上千年的詛咒，這數目可是相當可觀的。」

「這樣也太奇怪了吧……」

「為什麼會奇怪？」店員表示不解，「商家是因應人們的需求而出現的，每個人都有想要詛咒的對象吧？你難道就沒有想要他快快消失的對象嗎？一定有吧。」

「才沒有！」東湛不知為何大聲駁斥。

雖然他有時會因為他人而感到憤怒或沮喪，但不存在真正想要詛咒的對象，他向來心思都不在自怨自艾埋怨別人上面。

「呵呵，」店員卻笑了，笑得有些猥瑣，「你沒有，不代表別人沒有啊。每個人都有不想被看見的一面，不想被瞭解的祕密。」

「我要走了……」東湛回神過來，不知道自己為何在這裡跟人辯論壓根就不想深究的事情。

「上官申灼。」

「什麼！」東湛及時回過頭，瞪大眼看著一臉陰沉的店員。

「在我看來，你的搭檔可是深諳此道呢。」

「你這話是什麼意思，給我站住！」

東湛眼睜睜看著店員走入櫃臺後的小房間，急忙繞過櫃臺想要找對方問個詳細。

然而櫃臺後面根本沒有空間，出現在面前的是一堵硬實的牆。他捶了幾下，沒有發出回音，代表沒有什麼密室，人真的消失不見了。

店裡只剩他一個人。一陣陰風吹過，架上的商品頓時也全沒了，像是被這陣怪風給帶走了一樣。難道他見鬼了？不對，這裡就是陰間，有鬼什麼的也很正常吧。

東湛懷疑自己是否產生了錯覺，同時退到店外。正想走出暗巷的時候，他發現原本巷子入口處被一家明明前一刻還不存在的店給取代了。

等等，他不會出不去了吧?!東湛急得慌了手腳，在這錯綜複雜的巷子間尋找出口。

然而視野無論到哪都是一樣的，只有錯綜複雜的店家，跟無數條不知通往何處的小徑。他似乎闖入了很不得了的地方。

「年輕人，你迷路了啊？」這時候，一道蒼老卻不顯孱弱的聲音叫住了他。

東湛因此停下了腳步看向聲源，只見一位老奶奶坐在角落，前方擺著要向路人兜售的商品。

他不由得靠了過去。這位老奶奶面容和善慈藹，或許可以為他指出正確的方向。

「您知道出口在哪裡嗎？我明明是從入口進來的，但一回神原先是入口的地方就不見了。」

「暗巷是不需要入口，也不需要出口的。」

「那我不就出不去了嗎?!」

「暗巷的出入口是只有性質相近的靈魂才能遇上的，你也知道這裡是無法治地區，必須要篩選到這裡的客人。」

「性質相近……是什麼意思？」

「靈魂有殘缺的人，或是靈魂不完全的人，再來就是身上背負著罪孽的人。你是哪種類型呢？年輕人。」

東湛一時之間不知該如何回答，他並不信任眼前這位老人。最後他只是說，「可以麻煩您告訴我出口在哪裡嗎？」

老太太看他如此堅持，也沒再多說什麼，只是將視線往下移。

「要我回答，不如指望它們吧？或許它們心情好的話，會告訴你出口怎麼走喔。」

它們指的又是誰？東湛跟著對方也將目光順著朝下方挪移。

結果他看到的是老奶奶攤位上的東西，每個都指著不同的方向，像是有自己的意志般，都堅稱自己是對的。但是所謂的它們是一根根……人的手指頭。

「啊啊啊啊啊啊——我受夠了啊！」

驚嚇過後，東湛忽然大喊了這麼一句，失控地從老奶奶身邊逃離。

他不斷地奔跑，哪裡有路就往哪裡鑽去。路線在腦海中已經是紊亂且毫無邏輯可言的線條，當他終於緩下步伐時，暗巷的街景又是截然不同的畫面。

「碰！」東湛被這突如其來的聲響給嚇了一跳。原來是牆角的垃圾桶不知為突然倒了，裡頭空無一物。

他彎身將桶子扶正。就是這個無心的舉動，讓他發現了隱藏在桶後一道小小的門。

即便知道暗巷裡都是些不按牌理出牌的奇怪東西，東湛還是沒能控制住自己的好奇心，上前靠近。

他想要拉開門，卻發現門把文風不動。可能是需要鑰匙吧？但門上又沒有鎖孔，令人忍不住好奇有什麼辦法可以開啟這扇門。

這時候門的另一端傳來了輕輕的敲門聲。

「咦？」東湛發出了驚疑不定的慘叫。

「啊，終於有人發現這裡了啊。」門後的聲音如釋重負似地吐出一口長氣。

「你被、關在這裡嗎？」發覺是能夠溝通的對象，東湛重新鎮定了下來。

「是的，門後面的世界只有憎恨跟絕望。我在這裡很久了，都沒有人跟我說話，你可以陪我說說話嗎？一下子就好了。」門後的聲音請求道。

「你為什麼會被關在這裡？」東湛問。

然後他注意到了，門上有三條帶有鍊條的鎖，緊緊地拴住這扇門。

但門很小，高度與寬度不像是給成年人通過的，倒像是主門旁邊供寵物出入的那種小門，東湛必須要蹲下身才能平視。

門的材質也不似金屬那般堅硬，是某種木材所製，上面刻滿密密麻麻的奇異符文及圖形。他猜測，這可能是對方出不來的原因。

對方正被某種比自己還強大的力量，給鎮壓住了。這樣的發展不是相當顯而易見的嗎……

「你為什麼會來這裡呢？」那聲音卻反問。

「明明是我先問的——」東湛不滿地提出抗議。不知為何，對方給他一種似曾相識的熟識感，親切的就像是在跟自己對話一樣。

「呵呵，因為我違反了這世界的遊戲規則，所以就被關在這裡了。」

對方的回答很含糊，而且像是在避重就輕，這讓東湛有些不滿意。

「不知道你在說什麼……我想要從這裡出去，就算問你出口在哪，你也不知道吧？」

「誰說我不知道的。我知道的事情，可比你以為我不知道的還要多得多。」

對方的回答讓人出乎意料。

「你都被關在這裡了，既然出不去，怎麼可能會知道。」東湛這回可沒那麼容易被人蒙騙。

「你幫我一個忙，我就可以告訴你。」

「要放你出去的話，我可是辦不到喔。」

對方既然被關住，想必是上輩子做盡壞事的惡靈。東湛直覺認定，門後不會是什麼好東西。

「哈哈，你也沒那種能耐吧？」對方只是回以輕蔑的訕笑。

「真是讓人火大……」

「但有件事你還是辦得到的。把一隻手貼平放在門上，掌心平靠在上面。」

雖然不知道對方的用意，東湛還是照做了。事後回想起來，覺得自己未免也太好操控了吧。

當東湛將手平貼在門上時，他感覺到一種奇怪的脈動，似乎對方也伸出一手平放在門上。他甚至能感受到對方傳來的溫度，不像是活人般的溫熱，但就是有種詭異的灼熱感。

不出幾秒，他立即就將手拿開了，這裡果然很奇怪。

「我要走了。」東湛匆匆丟下一句，隨即起身走人。

他卻在轉過身時猛然撞上一個人影，在他還沒反應過來時，就被那個人影扛在肩上走，變成頭下腳上的姿態。

「你是……」

東湛不敢掙扎，動也不動地像具屍體任人擺布。而對方只是拖著沉重的腳鍊走著。

不知走了多久，東湛再度感覺到中央街上市區獨有的熱鬧，他終於從暗巷出來了。

陰間裡的各項事物都沒有太過鮮明的情緒，但中央街起碼還有正常街區那樣的吵雜及繁榮。暗巷就真的是死氣沉沉，什麼聲音在那裡都會變得相當突兀。

對方終於把他放了下來，東湛感動地抬起頭，「謝謝你，肆號，又讓你救了一回。」

肆號只是透過面具上的孔洞凝視他，一如既往的沉默。

「不過，你怎麼會知道我在那裡啊？」東湛忽然想起。

肆號依然只是看著他。喔對喔，肆號不會說話。

「該不會以後只能讓你聽我說話吧。」東湛不由得失笑。

肆號終於有所反應，抬起手臂指著他身上的某個位置，這讓東湛覺得困惑不已。

「我身上有什麼嗎？」他胡亂摸索了一番，還真找出一個香囊。這是肆號當初給他的，不知道怎麼就一直隨身攜帶了。

東湛只把它當作護身符，但想必肆號就是靠此來追蹤他的位置，原來還真的是護身符啊……

再抬頭時，已經看不到肆號的身影了。

最近發生的一連串事情，都讓他如墜五里霧中，卻又覺得這些事情似乎不是與他毫無關聯。

剛才那個人，還有那個要他小心上官申灼的聲音……他已經不知道該相信誰了。

驀然有人拍了拍他的肩，東湛詫異的回過頭，原來只是上官申灼。

「你剛才是不是迷路了？」

「為什麼你會知道？」

「因為你一臉迷路的樣子。」

東湛不知道該怎麼向上官申灼解釋剛剛所碰到的一切。

「對一個新人來說，在陰間裡迷路是很稀鬆平常的事。跟緊我吧，我有責任帶你熟悉這裡的一切。」上官申灼似乎沒有將剛剛東湛走丟的事情放在心上。

「是……」東湛還在為方才的狀況耿耿於懷。

「別擺出那種表情，之後讓你更加驚訝的事可多著，陰間就是這樣的地方。」上官申灼冷靜地認真說話。

「是很詭異的地方。」經過那一連串詭遇，東湛更是如此認定了。

「什麼都有可能發生的地方，那不就是陰間嗎。」青年補充說道。

看著上官申灼的臉，東湛一反常態噗哧地笑了出來。也是，他應該相信眼前的人才是，這樣的人怎麼可能會是罪大惡極之人呢。

「你果然不可能是什麼壞人呢。」

「有誰跟你說了什麼嗎？」上官申灼突然眼神一凜。

「有個聲音說，你殺了自己的父母，但那不可能的，對吧。」絕對不可能，這是否定句。

「以前的事我不記得了，」上官申灼回答，「但如果我是那樣的人，你打算怎麼辦？」

這樣的事，東湛可從來沒想過。他聳了聳肩，一點都不在意的樣子，「不會出現那樣的情況。」

「你怎麼能這麼肯定……」

「即便全世界與你為敵，我也會跟你站在同一陣線。所以，我相信你。」

面對東湛突如其來的發言，上官申灼只是面無表情地看著他。

「如何，感動吧？這可是某部電視劇的名台詞。通常男主角這麼說，對方用不著花上零點五秒，就會深深愛上他了。」東湛故意有些戲劇化地這麼說道。

上官申灼愛上他了嗎？很顯然是無動於衷。

「如果想要別人愛上你，首先得拿出成績，這不就是你做為我搭檔的職責嗎。」上官申灼冷冷回了一句。等等，這話的意思是認同他了嗎？

「當然沒問題。因為有你們在，我會好好期待往後在這裡的每一天。」東湛爽快地應答。

雖然不知道往後還會碰上什麼難題，但既然搭檔說沒問題，那就是沒問題。對於青年的話，他不會再輕易動搖了。

這同時也是說給自己聽的誓言。

「還有。」上官申灼貌似還有話沒說話。

「嗯？」

「下次不要再看那種奇怪的電視劇了。」

「哪會奇怪啊？順帶一提，我可是那部電視劇的男主角喔。」

「我不想要知道那麼多細節……」上官申灼快步前行。

「別這樣嘛，你不想知道，但我想要說啊——」

東湛趕緊跟上對方的腳步。這次他會好好地跟在青年的身後，不會再擅自離開了。

於此同時，在東湛前腳剛離開的暗巷——

門後的人影開始躁動不安，拚命推動門扉想要從束縛住他的地方逃離。

還不行，目前不行，但就快了……離從這裡出去的時刻不遠了。

「我找於找到你了啊。」

那人痴痴笑著，他總算找到了「那個人」。

盼了好久，對方終於也來到了這裡。不枉費他所做的一切前置作業，有了他，就完整了。

他花上百年的光陰就是為了這一刻。他找了「那個人」好久，還有「另外那個人」也在這邊。

找到之後他們要怎麼辦？他會殺了他們，一個都不留。

思及此，他瘋狂地笑了起來。

要完成計畫，首先得先把礙事的人都給除掉。

例如那個討人厭的陰間刑務警備隊。

——《陽奉陰違02》完

高寶書版集團
gobooks.com.tw

輕世代 FW361
陽奉陰違02

作　　者　雪　翼
繪　　者　火　螢
編　　輯　薛怡冠
校　　對　林雨欣
美術編輯　林鈞儀
排　　版　彭立瑋

發 行 人　朱凱蕾
出　　版　三日月書版股份有限公司
　　　　　Printed in Taiwan
地　　址　臺北市內湖區洲子街88號3樓
網　　址　www.gobooks.com.tw
電　　話　(02) 27992788
電　　郵　readers@gobooks.com.tw（讀者服務部）
　　　　　pr@gobooks.com.tw（公關諮詢部）
傳　　真　出版部　(02) 27990909　行銷部 (02) 27993088
郵政劃撥　50404557
戶　　名　三日月書版股份有限公司
發　　行　英屬維京群島商高寶國際有限公司台灣分公司
　　　　　Global Group Holdings, Ltd.
初版日期　2021年 8 月

國家圖書館出版品預行編目(CIP)資料

陽奉陰違/雪翼著.-- 初版. -- 臺北市：三日月書版股份有限公司出版：英屬維京群島高寶國際有限公司臺灣分公司發行, 2021.08-
面；　公分. --

ISBN 978-986-06564-5-9(第2冊：平裝)

863.57　　110003796

三日月書版

三日月書版

GOBOOKS
& SITAK
GROUP©

GOBOOKS
& SITAK
GROUP©